우리 그때 말했던 거 있잖아
류휘석 시집

문학동네시인선 206 류휘석

우리 그때 말했던 거 있잖아

시인의 말

이제 내게 남은 쓸모는 뭘까
셈을 해보려는데 주먹이 펴지질 않는다

2023년 12월
류휘석

차례

3부 선망은 반쯤 부서진 작은 석상 같고

1부
우리를 우리라고 부르면 덜 외로운 기분이 든다

생존 게임

건강한 사람이 되려고

지방 탄수화물 단백질
꼬박
꼬박 먹었다

미래에는 사람 대신 건강만 남을 것이다

빛을 맹신한 비둘기가 창문에 머리를 박는다

재생

거대한 건물이 무너지고 있었다
사람들은 도망치고 있었다
나는 그 광경이 아름다워 가만히 보고 있었다

어깨를 스치는 사람 소매를 잡아끄는 사람
산책로의 빛처럼 부딪혀 사라지는 사람들

몇 군데 내어주고 나니
이제야 이곳에 어울리는 몸이 된 것 같아 기뻤다

재로 기워낸 마음을 들고
돌아서려는데

건물이 재생되고 있었다
사람들이 돌아오고 있었다

유기

빈 가방을 들고 돌아온 너와 술을 마셨다
지루하게 늘어진 서로의 얼굴이 테이블을 더럽혔다

자꾸 아픈 얘기를 해서 얼마나 벌고 얼마나 힘들고 그런
걸 말하게 돼서 시가 세상에서 제일 짧은 병명이 돼버려서
거기까지 말했을 때 나는 내가 제일 아프다고 말했다
그래서 너는 아직 쓰는구나 잘 몰라서 모르는 척에 능해서

자리를 옮길까?
그래 여기까지만 하자

우리는 계단 중간쯤에서 두고 온 신분증이 떠올랐다 여기
까지 오는 데 정말 오래 걸렸지 힘들기도 많이 힘들었지만
등뒤에는 난간을 붙잡고 기다리는 사람들이 많았다 비키
라고 이름이 없으면 돌아가라고 화가 난 채로 웅성거렸다

계단 끝에는 걱정스럽게 내려다보는 사람들이 있었다
다정하게 웃어주었다

다음을 빼앗긴 우리는 집으로 돌아갔다 정류장에 앉아 횡
단보도를 바라보았다
건너야지
너 가는 거 보고

횡단보도 너머에는 뭐가 있을까 사람들은 빛 하나를 노려
보며 다음을 준비하고 있었다 거기에는 뭐가 있지도 않겠지
만 거기에는 죽을 일도 없겠지

죽지 않을 만큼만 다음을 생각하는 우리가 멀리서 도착
하고 있었다

있잖아 나 이제는 누가 죽어야 쓸 수 있을 것 같아
뭘?
그러니까
다음에는 죽어서 만나자

너는 바닥에 고인 물웅덩이를 발로 차며 말했다 잔잔하게
누워 흐르던 우리는 순식간에 공중으로 터져나갔다
천천히 신호가 바뀌고
사람들이 다 건너는 동안
부서진 얼굴이 거리를 뒤덮었다

아무런 마음도 없는 곳에 아무렇게나 흩어진 우리는
죽음으로 시작되는 가능성을 나열하며 시간이 빨리 지나
가버리길 바라고 있었다

이게 우리들의 문제다 화가 난 채로 시작하고 착해져서

─ 돌아오는 얼굴이

  우리는 의자에 흐른 얼굴을 주섬주섬 모아 주머니에 넣
었다
  돌아가는 길에 각자 사랑하는 사람들에게 전화를 걸었다

  보고 싶어

  그런 말을 하고

  목이 마른 채로 잠이 들었다
  사랑하는 것들이 빨리 죽어버렸으면 좋겠다

─

우리가 상상했던 저녁은 옥상에 없겠지만

옥상에서 만났지
새벽이 다 되어

일기예보는 북쪽 전선이 위험할 예정이라 전했다
우리들의 양손에는 술과 가방이 들려 있었고

안부를 따로 묻지는 않았다
지나간 것에 대해 말하지 않는 규칙이 그리 오래된 전통
은 아니었지만

올해에도 인류의 멸망에 관한 루머가 퍼졌다 몇 해 전과 달
라진 건 눈을 뒤집고 라면 박스를 옮기는 사람이 없다는 것

동의 없이
공공연하게 인류의 멸망과 우리는 비슷한 처지에 있었고
위험에는 명랑한 태도로 대처하게 된다

이걸 다 마시면 취할 거야

너는 쓰러져 바닥을 향해 구르는 잔을 보며 말했다
새벽은 민망할 정도로 밝고 너는 알람 시계처럼 계속 잔
을 채우고

—　취해 옛날이야기를 한다
　멀리서 바통을 쥐고 뛰어오는 너 온 힘을 다해 손을 뻗는
나 하얀 선을 뭉개버리고 소리지르는 나 달려와 내 얼굴을
부여잡고 우는 너

　멀다, 말하면 다들 사라진다
　고개를 묻고

　아직도 그런 얘기를 해

　구르는 잔이 떨어지기 전에
　이 광경은 끝이 나야 하는데
　아무도 가위바위보 없이 술래를 자처하지 않았다

　잔이 구르고
　옥상은 물에 잠기고
　너는 연해진 술을 마시고

　물맛이 나

　나는 자꾸 무릎을 모았다

　누군가

아 제발 그만하자 이런 얘기
말하면 끝날 일이

지속되고 있었다 지속되는 힘이란 대체 뭘까
나무가 계속 자라나는 힘 매일 죽는 연습을 하고 아침에
다시 태어나는 힘 사는 게 도통 무슨 의미인지 모르겠지만
울어버리고 다시

옆집 옥상에서 개가 짖고 있었다

아직도 개가 옥상에 살아 춥게

그러면서
온순해진 우리는 멍
그랬고
그게 그렇게 웃겼다

끝없는 도로
끝없는 강물
끝없는 밤

목적지라도 있는 것처럼
대화가 멈춘 옥상은 우리 없이도 계속 굴렀다

근데 개는 우는 것도 멍 그러잖아

반성은 여유 있을 때 하는 게 아닌데

안다고 그만하라고 니나 잘하라고

다 그러고 산다고
술이 깨면 잘못을 주워 담고 아무도 모르는 옥상을 깨끗이 정리하고
다들 그렇게

그런 게 어디 있어 원래 그런 게

아침이 다 왔는데
너는 아직도 빈 테이블을 쥐어짜면서 뭘 마셔댔다

우리에게 잘못이 없어서
잘못이 우리에게 없어서

점령당한 채로

도시가 끝나지 않았다

마지막 멘트 치는 사람이 가장 힘들다고 생각해주면서

보자 다음에
다시

개가 지쳐 잔다

옥상에서 일어난 우리는 옷깃을 여미고
불어터진 강물에 해가 부서지는 걸 목도했다

나는 손목을 코에 대고 쿵쿵거렸다

흐물거리는 얕은 향수
알코올

명백한 비 냄새

준비
땅
그리고

맑은 목에서 땀이 흐른다
잦은 탈수에 운동장은 벤치로 밀려난다

운동장이 사라진 운동장에는 구름이 느리게 흐르고

흐르듯이, 그런 건 안 통한다니까?
더 세게! 더 강렬하게!

죄송한 벤치가 땅에 머리를 박는다
더 죄송할 게 없어서 벤치는 벤치를 그만두기로 하지만
사실 그게 제일 어려운 일이다 벗어나는 일 구름처럼
아무렇게나 되어버리는 일

저기 잘 봐 어떻게 달리고 어떻게 멈추는지

끝점을 넘어선 저기가 저너머로 사라지고 있었다
저 사람은 어디로 갈까 돌아올 수는 있는지

사실 그런 건 아무래도 좋았고

땅을 짚을 수가 없는데 어떻게 출발해야 할까
그런 게 내 고민이다

손에 흙이 묻는 건 싫고
여기가 시작점이 아니라는 사실은 더더욱 싫은데

허공에 손을 짚은
나는 곧 쓰러져 구를 텐데

벤치는 소란스럽고
뭉쳐 있던 구름은 흩어지고

미끄러지는 방아쇠
터지는 환호성
준비도 없이

땅!
그리고

사라졌던 사람이 이제야 돌아온다

목에서 흐르던 것이 몸 전체로 맑아질 때

사람들이 도망치기 시작한다

마지막 타자

공이 날아간다 새도 아닌데

새만 나는 줄 알았지 그래서 그동안 치지 못했던 거다
어떤 마음은 시작하고 나는 내내 끝이 났던 거다

타자가 추락하는 풍경에 놀라 팔을 휘두른다

달려나간 마음이 돌아오지 않는 동안
관중석의 사람들은 새를 찾고 있었다
날아간 공의 개수와 죽은 이름이 거대한 스크린에 올라
오고 있었다

나는 물에 잠긴 다육식물처럼 불어터진 숨을 몰아쉬며
제일 느린 공을 기다린다

죽은 것들이 차례로 돌아와 어깨를 두드린다

담장은 계속해서 무너지는 중인데
자꾸만 치라고 살아 있는 동안에는 뭐라도 쳐서 달리라고

무섭도록 빠른 공이 휙휙 지나간다
오락실 게임처럼 심장이 차례로

하나!
둘!
셋!

사라진다 단단하게
손을 모아 날려보내던
우리는

새가 멈추기 전까지 공을 치지 않을 것이다
완전히 부서진 마음을 주워들고
살아 돌아올 것이다

조용해진 마운드에는 이제 누가 서게 될까
다음 타자는 얼마나 슬픈 이야기를 해야 할까

나는 심장을 두 번 치고
저기 부서진 마음을 던지는 완벽한 타인을 본다

거대한 스크린에는
슬플 자신이 없는 얼굴이 커다랗게 걸려 있고

정말로

— 새가 날아온다

스트라이크

아웃

야이새꺄야누가그렇게쳐래

Ⅱ: 사람들은 돈을 벌기로 다짐했다
이 빌어먹을 세상을 탈출하기 위해선 약간의
돈이 필요했기 때문이다

시즌 오프
우리가 마지막으로 싸운 이유는 솔직하지 못해서다
나는 고백을 했는데 왜 또 해야 하는지 모르겠다고 말했고
너는 그렇게 말하는 이유를 모르겠다고

나는 거의 빈 유리잔을 계속해서 빨았다
얼음이 녹으면서 흘러내린 빛이 바닥을 좀먹고 있었다

뒤집어놓은 핸드폰이 울렸다

기념일이 한 달밖에 남지 않았다

고농축
우리는 가장 친했던 친구 중 하나였기 때문에 계속해서
나눌 말을 고민했다 연락이 끊긴 날을 기점으로 벌어진
사건들을 내림차순으로 정리했다
진짜?
와 개쪄네
이제는 정말 아무것도 생각나지 않을 때
무슨 말인지는 잘 모르겠지만 어쨌든 짧게 줄여 쓰는 거
아냐? 아무튼 다음에 한번 놀러와 나도 아직 초봉이지만
너는 거의 못 버니까 정말 중요한 건 그게 아니잖아

우리가 그런 거에 기분 나빠할 사이도 아니고

블랙프라이데이
우리는 매번 창밖에서 까치발을 들어 메뉴판을 외우고 다녔다 가격을 비교하고 못 먹는 음식을 걸러내다보면 우리가 뭘 위해 만났는지도 종종 잊어버리곤 했다

여긴 너무 비싸 다른 데로 가자 그때 갔던 포차로

우리는 그곳에서 자주 모였다 학예회라는 이름도 그때 정했다 이름처럼 자라기 위해 우리는 자주 싸웠다 자랑할 만한 부위에 멍을 그리고

우리 말고는 가는 사람이 없어서 가게는 문을 닫았다

축하해 잘될 줄 알았어

상징도 없이
먹고 싶은 걸 다 먹고 우리는 빨리 취했다
앞으로 무슨 일을 해야 할까 우리가 우리로 남으려면

술 취한 친구 하나가 자러 갔다가 해가 뜰 때 다시 나왔다 술을 더 얻어먹으러 왔다고 말했다 우리는 독하다 미친놈이

다 그런 말을 하며 모두 도망갔다

 기념일도 아닌 네가 덩그러니 남아 모두가 돌아가는 모습을 끝까지 지켜보았다

 술값으로 이십몇만원이 나왔고 나는 삼십만원이라고 말했다

초특가

 저희가 이번달만 이렇게 진행하고 있거든요 아직
학생이라고 하셨지만 치아 보험 같은 경우는
가입 연령대가 많이 낮아졌어요 상담은 무료니까 한번
받아보세요 치아는 평생 쓰는 거고 나중에 잘못됐을 경우
나가는 비용도 크기 때문에 미리 알아두시는 게 좋아요
이번 상품 진행하시면 월에 몇만원 돈으로
평생 보장이 되세요 그렇게 큰 부담은 없으실 거예요
한 달에 술자리 한 번만 안 나가면 되는 금액이니까요
정말 중요한 건 그게 아니잖아요

선착순

 나는 배달 앱을 켜 원래 먹으려던 비싼 메뉴와 비슷한 맛이 나는 음식을 찾는다 할인 쿠폰 적용은 필수고 최소 주문 금액이 낮으며 저렴한 동시에 양이 많아서 두 끼 혹은 세 끼로 나눠 먹었을 때 그렇게 큰 지출이 아니라고 생각할 수 있는

그게 벌써 한 시간 전 일이다
창밖에는 너무 익어서 다 탄 저녁이 도착해 있었다

자연산

너 해물 좋아하는데 못 먹어서 어쩌니 거기는 저렴한
양식밖에 없잖아 약만 먹여대는 그런 것들 먹으면
몸에 좋겠니?
보내준 약은 다 먹었어? 다른 약은 이제 안 먹지?
아프면 꼭 말하고 참지 좀 마 병원도 말 좀 하고 다녀
보험 다 되니까 정말 중요한 건 그게 아니지만
그런 건 알아서 챙겨 이제

폐업 정리

이대로는 안 되겠다 싶어서 우리는 큰 옷과 큰 옷을 지탱
할 뼈를 챙겨 원룸에 모였다 쉽게 구부러지고 쉽게 흘러내
리는 흰 옷걸이에 매달려
크고 두껍고 다정한 말을 주고받았다

재봉선 끝에서 볼록해진 얼굴을 부여잡고 정말 마지막처럼

앞으로는 유망해지자 우주여행 가이드 같은 게 되자

아무도 팔지 않아서 아무도 우주여행 가이드가 되지 못 ⎯
했다

 여러 겹의 초상화 부러진 팔을 든 반대편의 손 점선으로
이어진 삼각형
 길어진 별명을 챙겨들고

 얼룩덜룩한 거울 앞에서 기념사진도 찍었다
 튀어나온 어깨선이 서로의 몸에 가려 교묘하게 지워졌다

    그후 우리가 사라진 곳에는 다른 사람들이 들어섰다
        몇 차례 유망한 이름도 발견됐지만 :▐

        아무도 미래를 예감하진 못했다

랜덤박스

내겐 매일 허들을 넘다 실패하는 광대들이 살아요

불필요한 기념일이 빼곡한 달력
숨쉴 날이 없어요
나 대신 종이에 누워 숨쉬는 사람들
밤이 되면 광대는 잠을 자고 나는 일어납니다

나는 허들을 치우고 부서진 광대들을 주워 종이 상자에
집어넣습니다

그늘을 뿌리는 거대한 인공 나무
물을 쥐요 잘 자라서 더 크고 뾰족한 허들을 만들어내렴

그렇지만 모든 게 나보다 커져서는 안 돼

광대들은 일도 하지 않고 아침마다 이불을 걷어냅니다 나
는 토스트처럼 튀어올라 침실을 접어 내던져요 나를 어지
럽히는 벽시계와 발목에 생긴 작은 구멍들이 사라지지 않
고 계속 커집니다

방이 비좁아서 나는 밖에 있습니다 밤이 끝나면 집에 돌
아가 상자를 만들어야 합니다 재사용 종이는 거칠고 단단해
서 반성에 알맞습니다

천장에 붙어 기웃거리는 가녀리고 얇은 나의 광대들
반성이 시작된 집은 무덤냄새가 나는 요람 같아요

나는 탄생부터 기워온 주머니를 뒤집습니다 바닥은 먼지
로 가득찹니다
도무지 채워지질 않는 상자 좀처럼 변하지 않는 실패와
실종

내가 죽으면 광대들은 허들을 넘을까요
궁금해서 죽지도 못합니다

루틴

알람을 끄고
커튼을 걷고
동시대에 죽은 비둘기를 치운다

밤사이 실종된 이름 몇 글자와
먹고 싶지 않은 아침이 밀려들어온다

죽은 비둘기와 집을 나선다

두 시간
두 시간 정도 잤나 사실 잘 모르겠어요

너 같은 사람은 정말 힘들겠다

불확실이 태어난다

점심은 내가 고르지 않은 백반이다 짜서 흰밥을 여러 번
떠야 하는
몇 가지 반찬이 남아 사람들은 공깃밥을 추가해 사이좋
게 반씩 나눠 먹는다 내 앞에도 원치 않는 미래가 도착한다

잠이 온다

누가 어깨를 치고 간다 누가 자판기 커피를 두고 간다 누
가 포스트잇을 붙이고 간다 누가 살아서 움직이고 있을까
누가 이렇게 불안해할까 누가

너무 멀다

집 앞에 불확실이 도착해 있다
비둘기가 사라지고 없다

온전히 살아남은 내가 옷걸이에 걸려 있다
거꾸로 매달려 썩지 않고 있다 불확실이
집을 비좁게 만들고 있다

사람이 있어야 잠이 온다
사람이 있으면 잠이 오지 않는다

그런데 사람은 무엇일까
검색되지 않는다

똑

알람 오전 6:00

똑

알람 오전 6:17

똑

잠들지 못하면 탈락할 것이다

똑

집에 유령이 있다

똑

사람은 죽고

ㄸ

비둘기가 살아남는다

똑

미래에서 태어난 비둘기가

똑

.

김의현 장례식

내가 말했지 저 새끼 천재라니까

내가 첫 건배사를 맡게 되었고 사실 나도 이렇게 될 줄 알
았다 모두 슬픈 지들한테 빠져서 도저히 팔리지 않는 이야
기가 될 줄 알고 있었다고

그리고 김의현이 죽은 척하고 있다는 걸
또 나만 안다

다 나만 안다고 나만 알아서 니네들이 그렇게 슬퍼하는
거라고
이쯤 하면 현민이가 멋쩍게 웃어야 하는데

오늘은 현민이가 잘 웃지 않는다 김의현은 지 때문에 개노
잼 프리스타일2도 깔고 농구공도 샀었는데 그것도 나만 안
다 현민이는 집에 있느라 김의현이 농구를 시작하려 했는지
어디 가서 죽었는지 살았는지도 몰랐으니까

그래도 현민이는 최대한 슬퍼했다 현민이의 최선에도 나
는 만족스럽지 않았다 눈치 빠른 시아가 적당한 타이밍에
잔을 부딪쳤다

시아는 여전하네

시아가 여전해서 이야기는 다시 진행되었다
다행인데 또 나만 다행인 걸 안다 짜증나게

야근하느라 지각한 한솔이가 제일 많이 울었다 다 미안하
다고 늦은 것도 미안하고 그냥 다 미안하다고 내가 잘못했
다고 자꾸 분위기를 깼다 뭇국은 세 그릇이나 퍼먹었으면서

진짜 안 그럴 줄 알았는데 엉엉 울고 또 펑펑 울어서 나는
일부러 내는 소리라고 생각했다

그러다 시아가
야 니는 슬프지도 않냐
현우를 보고 그랬다

현우를 보면 어쩌다 우리가 이렇게 됐을까 생각하게 된
다 김의현이 죽어도 김의현이 죽어 소주에 멀건 뭇국을 퍼
먹고 있는 상황에서도 너는 그러면 안 됐지 내가 너 때문에

아니다

야

―   심현우는 대답이 없고

    야 심현우

    심현우는 대답이 없다 저 새끼는 뭔 생각을 하고 있는 거
야 이런 와중에도

    솔직히 현우가 폰게임을 켜지 않은 것만으로도 감사해하
고 있었다
    사실 변한 건 나다 서운한 것도 나다
    이름을 부른 건 그 마음을 들키지 않기 위해서고

    모두가 슬퍼하고 있었다 정성껏 슬픈 새끼 적당히 슬픈 새
끼 와중에 막차 시간을 찾아보는 새끼 그리고 슬픔조차 티
내지 않는 새끼

    나는 이번 모임 진행을 맡아서 슬플 여력이 없었다
    어쨌든 맡은 바 최선을 다한 개새끼들*을 위해

    나는 다시 잔을 들었다

    우리가 중규모 개새끼에서 소규모 개새끼가 되어버린 건
유감입니다

―

현민이는 아직도 웃지 않고 시아는 양옆을 살피고
여한솔 언제까지 울 건데 심현우 앞에 보라고

아무튼 다시

우리들의 친구 김의현이 죽었습니다 저는 자기 취향도 아
닌데 유언까지 남기며 뭇국을 끓여줬다는 것에 감동받았습
니다 살아서도 그리워했던 친구를 기리며

자,
건배!

……

아 좀
제발 애들아
집중해서 빨리 끝내자고

김의현이 보고 있다고
살아서

이거 다 시로 쓰고 있다고

Zoomb:e

공장에서 찍어낸 점선처럼
밤과 낮이 멋대로 반복되는 동안

선물받은 식물이 죽었다

이름이 뭐였더라

혼잣말을 하고

죽은 식물 옆에서 사진을 찍는다
내가 식물을 빨아먹어 죽인 것처럼 보인다

실내등을 켜면 식욕이 밝아진다

도마 위에 살아 숨쉬는 순두부를 올려놓고
가운데 그어진 절취선을 본다

선을 따라가면 이유 같은 건 쉽게 명확해지는데

살아 있는 몸이 튀어나와 폭발할 것만 같다

나는 가만히 멈춰 칼을 쥔 손과 죽은 식물을 번갈아 본다

— 빈 이름표가 보인다

침대에 누워
여러 겹의 몸에 쌓인 여러 겹의 악몽을 생각하다가

방치된 두부를 떠올린다
살아 있을까

이불을 머리끝까지 뒤집어쓴다

모두 잠드는 이곳에서 왜 죽고 사는 문제가 시작되는 걸까

이불에 아직 문제가 남아 있는데
누군가 허락도 없이 재생 버튼을 누른다

죽은 식물을 들어내고
화병을 닦고
다시
순두부를 사러 나가는

나는 이 연습을 오래 해왔다

냉장고 신선 칸을 열어

—

두부 꺼냈던 자리에 식물을 채워넣는다

싱그러워 보인다

동아리

우리에겐 일종의 구원 같은 게 있었다
이를테면 냉장고

모두가 창밖을 바라보는 동안 우리는 모니터 속에 모여서

다 죽었으면 좋겠어 아니 몇 명만 빼고

사람을 죽이고 있었다 사람들이 다 죽어서 우리 차례가
왔을 땐
창밖의 나무가 사라지고 없었다

주목 자 여기 이 대목에서 낡은 언어인 그 뭐냐 나무라든
가 그 왜 새 이런 것들이 이제 새로이 변화하는 시대의 어떤
이런 질서에서는……

우리는 한배를 탄 공모자들
매일 심장을 냉장고로 갈아 끼우며 썩지 않고 살아남았지

……그 구십년대 이후의 어떤 시의 삶이란 게 아니 삶에
서 시라는 게 그 뭐더라 요즘에는 이런 현대적인 언어 그니
까 비교적 가깝다고나 할까 이를테면 뭐냐 그 왜 냉장고 같
은 거

마음이 맞아서 우리는 자주 모였다
원형 테이블에 앉아 각자 가져온 냉장고를 꺼내놓고
계속 읽었지 낡은 교수가 지적해준 시를

방에서 이불을 뒤집어쓰고 좀처럼 불러도 나오질 않던 개
는 얼마 전 학교에서 사라졌다

개가 쓰는 글은 어딘가……
글쎄 잘 모르는 거 같은 느낌이라고 해야 하나

우리가 원형 테이블에 갇혀 너무 오래 구르는 동안
식어버린 냉장고에는 상한 마음만 가득찼다

이제 죽이는 거 말곤
좀처럼 아무것도 기능하지 못하게 된 우리는

동네 포차에서 자주 모였고
거긴 금방 사라졌다

사이클

우리는 공원 시계탑 앞에서 몸을 풀며 약속했다
건강해지거나 정말 죽을 것 같을 때 돌아오자

나는 목줄을 힘껏 쥐고 앞서가는 네 뒤를 따라갔다

달려드는 트랙과
동시에 몸이 회전하기 시작하는데

우리를 앞질러 뛰어가는 것이 있었다

안쪽은 빠르게 뛰는 곳입니다 충돌할 위험이 있으므로 급
하게 멈추지 마시고 천천히 바깥으로
밀려나라고
안내문은 말한다

숨을 크게 들이쉬고
다시 내쉬면
나는 잠시 희미해졌다가 옆 사람과 자리가 바뀐다

돌아오며 미너히

트랙의 안쪽에는 잔디가 자라고 있었다 멈춘 잔디로 개

가 뛰어들었고
　나는 잃어버린 너의 뒤통수를 찾느라 점점 밀려나고 있
었다

　개와 개를 쫓는 목줄이 잔디로 사라지고
　그 위로 조명이 몰려들었다

　어두워진 하늘이 구름을 흩트려 트랙은 더욱 명료해졌고
　달려나간 몸을 주우러 모두가 부지런히 뛰었다 시계탑을
지나 다시 시계탑으로

　빛 하나를 둘러싸고 빙빙 돌았다
　이렇게 어두운데 어떻게 아무도 넘어지지 않을 수 있지

　시계탑 앞에 멈춰 숨을 고르며
　이제는 정말
　차라리 죽는 게 나을 것 같다고 생각하고 있었는데

　안내문을 바로 세우고 있는 네가 보였다

　손을 힘껏 쥐자 사라졌던 목줄이 돌아왔다

포코 아 포코(poco a poco)*

어느 날 나는 내가 가장 사랑하는 책을 꺼내 밑줄을 그었
다 동그라미와 세모 따위를 그리며 감당도 못할 만큼 커져
버리길 바랐다

마음이든 뭐든

연하고 흐린 연필을 쥐고 있으면 용기가 생긴다
너는 알까 네가 이 책을 건넨 직후부터 나는 그럴듯한 변
명과 도달할 미래 따위나 상상하고 있었다는 걸

잠시 딴생각을 하다가 한 페이지를 모두 그어버렸다

나는 지우개를 꺼내 큰 폭으로
제목부터 마지막 문장까지 지웠다

내가 사랑했던 책은
길게 찢어지며 내용과 제목을 반으로 갈랐다

흐리게 잉크만 남은

이것은 이제 내가 사랑했던 문장이 아니고
사랑이 쪼개진 형태는 더더욱 아닌데

나는 다음 장과 그다음 장에도 밑줄을 긋고 지우고 찢어
버렸다
　이렇게 쉬운 걸……
　중얼거리고

　고개를 들었을 때 카페 안의 모든 사람이 쳐다보고 있었다

　그 사이로 네가 끼어들어 교묘하게 사람들과 나를 갈라
놓았다

* 긴 시간을 들여 조금씩.

도시괴담

나는 불 꺼진 도시의 잔류물처럼 잘 다듬어진 산책로를
부유한다

몇 가닥 목줄과
주문처럼 신발코를 돌리는 사람들

도시를 감싼 강물을 바라보다보면
신발부터 천천히 젖어든다

혼자 몰래 잠겨 흐르는
잔잔한 몸과 마른 마음

사랑을 믿는 사람들은 걱정하길 좋아한다
젖은 돌을 누운 개로 착각하여 멈춰 선 사람들처럼

어떤 미신은 너무 다정하고

나는 발견되고 싶지 않아

더 깊게
가라앉다가

참았던 숨을 토해내면

축축하게 젖은 몸과 마른 마음

나는 돌아가는 내내 사람들에게 발견되었다

빈방의 초상화

벽에 걸린 거울을 보며 고개 숙입니다
안녕하세요,

바닥에 널브러진 얼굴을 주워 세탁기에 넣습니다

세탁기가 돌아가는 모습을 보며 세계가 종말을 맞이했으
면 하고 바라봅니다
언젠가 올 그날을 위해 매번 굉음을 견뎌냅니다

나는 원치 않는 방향으로만 돌아갑니다
유리에 화가 난 얼굴이 비칩니다

외출 준비를 하다가도 종종 목적지를 잊어버리고 다시 옥
상에 오릅니다
거리는 횡단하는 사람들과 직선으로 지나가는 사람들로
촘촘하게 이루어져 있습니다
이 사다리 게임의 끝에는 폭탄이 있겠지만 건너지 않고서
는 터질 것처럼 부푼 이 집을 견딜 자신이 없습니다

나는 돌고 돌아 결국 내 방에 도착합니다
세탁기가 멈춰 있습니다

다녀왔습니다,

벽에 걸어둡니다

향기 나는 이름과 벽에 걸린 사람들
나는 그 사이에 무채색 정물처럼 가만히 있고

깨진 유리창으로 아침이 비집고 들어옵니다 작은 나의 빈
손에
빛이 넘쳐흐릅니다

세계가 종말을 맞이하려면 좀더 어두워야 할 텐데
이런 마음과 달리 아침은
밝고
아름답고

손에 쥘 수도 없습니다
묶어둘 수도 없습니다

다정한 화자들

나는 자꾸만 베개로 젖어드는 악몽을 미화한다

소년은 밀린 빨랫감을 뒤지다 작년 여름에 내린 소나기를 발견한다

애인은 울다 지쳐 손톱을 물어뜯는다 손톱 밑에서 쏟아진 화가가 잘린 달 조각을 모아 다시 애인의 손톱을 그린다

이어 붙인 놀이터가 새로 자라는 동안 출입이 금지된 어른은 벤치에 앉아 유년을 방관한다 미끄럼틀을 흉내내던 아이들이 멍하니 놓여 있던 어른의 등을 밀어 무너트린다 해가 저물면 밤을 피해 숨는 유년의 피사체 사이로 어른이 드러눕는다 풍경이 점선을 그리며 작아진다

가정으로 납치되는 아이들은 술래의 표정을 지으며 등뒤로 사라지는 풍경을 돌아본다 가정이 어깨 방향으로 휘어지면서 발과 지면이 어긋난다 뒤틀린 풍경으로 인해 비로소 지구는 평평해지지만 지구보다 긴 그림자에 갇힌 아이들은 발견되지 못한다

오후가 긴 사람들은 공원을 거닐며 일어날 일들을 미리 예감한다 예감은 쉽게 나약해지고 나무는 더 단단하게 자라려 한다

통감하는 일에 익숙해진 정원사는 제일 얇은 나뭇가지에
걸터앉아 사다리를 잘라낸다 발밑으로 펼쳐진 거대한 그림
자에 하나둘 셀 수 있을 만큼의 비가 떨어진다 우수수하고
우두둑하는 소리가 메아리처럼 돌아 나오고 단단한 담벼락
에 두 번 튕긴 가위가 기어코 바닥까지 도달해 미세한 파열
음을 낸다

비는 자꾸만 죽으려 하고 우산은 살리려 한다 무채색 입간
판이 네온사인에 젖어 억지로 빛을 낸다 이름이 이름을 지
우고 죄가 죄를 지우는 동안 가벼워진 망치가 사람의 머리
를 피해 사람이 살아남는다 안에 있는 것과 안이 없는 것은
서로를 죽이려 들고 그 가운데 몸을 곧게 뻗은 나무에선 언
제나 우는 사람이 태어난다

허리띠를 손에 말아 쥐고 죽자고 말하는 취객들 돌아갈 집
과 따뜻한 이불이 주머니에서 끝없이 떨어져나오고 차들은
빽빽한 차로에 서로 들어서려 한다 뒤쫓아오는 거대한 어둠
을 피해 좁디좁은 회색에 낑겨 살아남으려 한다

골목으로 들어선 취객은 다양한 색상의 마네킹들이 서 있
는 가게를 지난다 귀밑을 스치는 유령과 그것들의 이름을
우리는 종종 놓치고 사라진 줄 알았던 소문이 삼킬 물 없는
약처럼 베개맡에서 퍽퍽하게 자라난다

시인은 정류장 벤치에 앉아 새를 기다린다 버스가 경적을 한 번 울리고 지나간다 시인은 날지 못하는 새도 새가 될 수 있을까 고민한다 보따리를 든 노인이 시인을 지나쳐간다 보따리가 떨어진다 새가 튀어나온다 시인이 사라진다 새가 벤치에 앉아 고개를 흔든다 보따리를 고쳐 멘 노인이 다시 정류장을 지나간다

터미널 벽면을 수놓은 각종 대자보 위로 의경들이 수배 전단을 붙인다 모자를 눌러쓴 대학생은 고향으로 돌아가는 마지막 차표를 쥐고 벤치에 앉아 선과 악에 대해 생각한다 버스가 사라지는 동안에도 선과 악은 죽지 않고

미화원은 찢긴 페이지를 쓰레받기에 밀어넣으며 이것이 지니고 있었을 원래 색에 관해 생각한다 오래 나뒹구는 동안 어떤 색에서 어떤 색이 되어가는 과정을 상상한다 빗과 자루로는 빛을 담아낼 수 없는 일에 관해서도 생각한다 바닥에 눌어붙어 쉽게 밀리지 않는 페이지를 여러 번 구겨넣으며 이것마저 담을 수 없다면 미래는 어떻게 되는가 생각하다 통감하는 일에 익숙해지기로 한다

수배자의 초상이 부랑자의 머리맡에 깔린다

인간의 뒤통수에는 여러 얼굴이 살다 가는데
마주앉은 벤치에 놓여 있는 건 언제나 그늘뿐이고

열심히 이를 간 이번 생에도
질기고 텁텁한 밤은 노크도 없이 머리맡에 도착해 있다

지독한 압생트를 위 끝까지 밀어넣고 죽는 꿈

베개 밑에 깔려 죽은 다정한 화자들이
제각각 높낮이가 다른 목소리로

살아 있는 목을 노린다

이 글에는 옮긴이만 등장한다

뭐가 보여요?

상담사의 목소리는 낮고 느리다. 말자는 감은 눈을 더 힘주어 감고 흑백 화면에 집중한다. 이따금 점멸하는 유리 결정 같은 것. 미세하게 흔들리는 눈동자.

잘 모르겠어요.

상담사는 다시 충분한 시간을 들여 말자가 어디론가 도달할 수 있도록 이끈다. 단단한 암막 커튼. 낮고 느린 클래식 음악. 규칙적인 파열음. 장면은 소리를 끄고 들어도 무방할 정도로 적막해진다.

괜찮아요.

괜찮다고 말하면 잠깐은 정말 괜찮아지는 것 같은데

근데, 이제 모르겠다는 말로는 부족해요.

이럴 때는 뭐라고 말해야 할지 모르겠다. 반대편에 앉아 무언가를 기대하는 사람만이 선명하게 보여서, 말자는 다시 상담사를 지우고 의자와 책상을 지우고 암막 커튼을 지우고 볼륨을 0에 맞춘다.

0과

0과

0과

0

......

둥근 것이 보여요.

그때부터 말자의 눈에는 모든 것이 둥근 원처럼 보이기

시작한다. 말자의 머릿속엔 이제 영과 원만이 끝없이 재생
되는데

상담사가 수첩을 연다. 상담사는 기록하기 전에 손으로
종이를 훑어내는 버릇이 있다. 날벌레를 쫓듯 아래에서 위
로. 해변의 모래사장 한 꺼풀 바람에 쓸려나가듯, 볼펜 공
굴러가는 소리가 천천히 사그라든다. 말자는 거기 0이 적혀
있을 거라고 믿는다. 단단한 원. 갇히면 빠져나갈 수 없을
것만 같은 커다란……

자, 다시. 그리고요?

말자는 입 열기가 두려워진다. 무슨 말을 해도 상담사는
기록할 것이고 해석할 것이고 그 모든 것들을 뭉쳐 말자의
눈앞에 던질 것만 같다.

말자는 커다란 반성문을 떠올린다. 네모난 원을 떠올린다.

반성문이요. 커다란 반성문이요.

기록이 멈추고 음악이 멈추고 상담사의 기대가 멈추고

잘했어요. 이제 눈을 떠보세요.

말자는 유리로 된 방에 갇힌다.

죽지는 지역 명문고를 나와 이름만 들어도 아는 대학교를
졸업하고 이름만 들어도 아는 회사에 들어간다. 죽지는 평
탄하게 흘러가는 자신의 인생이 썩 마음에 든다.

최근 애인과 헤어진 죽지는 만나는 사람마다 자신이 얼마
나 힘들었는지 설명한다. 그러고는 연애에 지쳤다면서 안정

적인 결혼생활을 하고 싶다고 말한다. 여러모로 괜찮은 사람. 죽지는 이제 여러모로 괜찮은 사람을 사랑하기로 다짐한다.

죽지는 사람들에게 자신을 설명할 때 평범하다는 말로 시작하곤 한다. 적당한 인생, 적당한 연애, 죄짓지 않고 죄에 화내지도 않는.

본인 정도면 꽤 괜찮은 사람일지도 모른다고 생각한다. 나쁘지 않은 친구, 나쁘지 않은 애인, 나쁘지 않은 자식이라는 말은 정말로 좋은 사람처럼 보이게 만들어주니까. 죽지는 자랑하지 않고도 은근하게 자신을 포장할 줄 안다.

죽지는 할부가 얼마 남지 않은 풀옵션 중형 세단의 운전대를 잡고 신호를 기다릴 때마다 인생을 되돌아본다. 모든 일에 있어 최고의 선택을 해온 자신이 대견하다고 생각한다. 물론 좋지 않은 선택도 가끔 있었겠지만, 사실 그런 건 별로 중요하지 않다. 솔직히 말하면 기억도 나지 않는다. 늘 선택할 수 있는 힘. 그건 죽지의 자부심이다.

우리는 엄마의 전 재산으로 얻은 전셋집에 살고 있다. 우리는 집에서 놀고먹는다. 뭘 하긴 하지만 사회의 기준치로 봤을 때 불필요하거나 중요하지 않은 일이라 우리는 그냥 늘 놀고먹는다고 말한다. 그건 우리의 계산된 멘트다. 그렇게 말하면 사람들이 우리를 불쌍하게 여겨 술도 사주고 밥도 사주고 멋있다는 말도 해준다.

우리는 알코올 의존이 심한 편이다. 우리는 도망의 왕이 라 생각이 꼬리에 꼬리를 물고 괴롭히면 좁은 곳으로 숨는 버릇이 있는데 그중 소주잔이 제일 적합하다고 생각한다. 우리는 겁이 많고 나약하다. 우리는 모든 게 당연한데 모든 건 당연하지 않아서 혼란스러워한다. 가끔은 스스로가 틀린 거라고 생각하기도 한다. 죄책감을 피해 숨은 곳에서 또다 른 죄를 발견하는 것. 그게 우리를 천천히 죽인다.

우리의 탄생화는 조팝나무다. 조팝나무의 꽃말은 선언이 다. 우리는 탄생처럼 선언하고 다니길 좋아한다. 그러나 요 즘에는 할 수 있는 말이 없어서 입 다무는 연습을 하고 있다. 그래서 우리는 올해 안에 꼭 치료받을 거라는, 건강해지겠 다는 선언 따위나 하고 다닌다. 아무것도 아니게. 그렇게 살 아야지. 우리는 매일 다짐하고 그게 우리를 천천히 죽인다.

우리는 지금도 술을 마시고 있다. 헛 삼킨 말이 자라 터 져나올 것만 같아서 알코올을 들이붓는 중이다. 속에서부터 터져나온 괴물이 우리의 모습을 닮았을까봐, 우리는 큰 유 리컵에 술을 가득 따른다.

취한 우리에겐 이제 공포도 없고 말도 없고 우리도 없다. 우리는 SNS에 들어가 선언하려다 무서워져서 다 지우고 핸 드폰을 집어던진다. 깨질까봐 볼링공 굴리듯 천천히 밀었다 는 게 조금 더 정확하다. 그래도 이런 과감한 행동을 하고 나면 속이 시원하니까. 우리는 내친김에 볼링공처럼 구른 다. 이러다 진짜 볼링공이 돼버리면 어쩌지 걱정하다가 차라리 그랬으면 좋겠다고 생각한다. 뭐든 해버릴 수 있을 것 같고, 욕먹으면 어쩌지 생각하다가도 끝에 가면 결국 다 부서지니까 괜찮을 거라고 생각한다. 어차피 사는 건 죄를 가리기 급급한 일이니까.

그후 우리는 취해 몸을 둥글게 만 채로 잠이 들었다. 나는 아침이 오기 전에 그곳을 빠져나왔기 때문에 우리가 무사히 깨어났는지, 아니면 미래로 가버렸는지는 미처 확인하지 못했다. 다만 우리의 핸드폰에 적혀 있던 메모 일부를 가져와 옮긴다.

ㄱ마당할 수 없는 일들에 치여 우리의 정신은 이미 죽엇고 알코올에 ㅈ러여져 썩지 않는 몸만이 살고 잇는 게 아닐가 우리는 이미 포스트 아폴라립스 시대에 도달한 좀비가 아닐가 미래는 아직도 바끼ㅜㄹ 생각이 업슨데 몸이 먼저 미래에 가 있다 ㅈ모비가 된 우리는 이제 죽어도 될 거 같은데 이름조차 이기저긴ㅇ 것들 ㅇ너제나 앞장서서 살아남는 것들 너넨느 힘내지 않아도 도닏다 이제 우리가 도망칠 차례다

2부

모르는 사람들이 우산을 나눠 쓰기도 합니까

도랑의 빛
다량의 물

산책 좀 그만할까

새 한 마리가 낮게 솟은 돌 위에 가만히 있었다
개울물이 발에 닿아도 놀라지 않았다

달력에 그어진 생채기를 결대로 찢었다
얇은 비닐이 맥없이 손가락을 밀어냈다

하천이 범람할 수 있으니 집으로 돌아가라는 문자를 받
았다
이름도 모르는 사람들이 나를 집에 데려다놓았다

젖은 그림자를 질질 끌고 다니는 동안

한 해 더 버틸 줄 알았던 행운목이 죽었다

발바닥에 박힌 돌을 빼내려고 온몸을 기울일 때
물에 잠긴 얼굴로 쏟아지는 다량의 빛

나는 그것이 빗물인 줄 알고 허우적거렸다

가만하기 기억되기

로로는 벤치에서 일어나지 않았다

쉬고 싶어
영원히

나는 낮게 깔린 로로의 그림자 밖에서
로로의 말을 바꿔 적는다

오래?

로로는 언제까지 쉬려는 걸까 로로가 끝내 움직이지 않
으면 나는 로로를 무서워하게 될까 이제 우리는 어떻게 되
는 거지

로로 몰래 나는 입안에서 우리를 발음해본다

나는 버려진 위성처럼 로로를 배회한다 로로의 공간 로로
의 숨 로로의 혼잣말 로로의 바깥에서 로로를 적고 로로를
사랑하고…… 로로를 사랑한다는 말을 사랑하고……

우리가 사랑한 적은 있을까 로로에게 물을 수 없어서 나는
혼자 사랑의 다른 형태를 떠올려본다 빛이 사라진 공간처럼
묶음 처리된 흑백영화처럼 울멍줄멍한 퍼즐을 맞추다보면

어디서부터 사랑이고 어디까지 로로가 되는 거지 다 나눠
주고 나면 나는 어디에 놓이게 되는 거지 사탕을 깨물면 날
카로운 단맛이 혀를 쏘아 얼얼한 것처럼 깨어진 로로가 자
꾸 심장을 두드리는데

　이 작은 방과 이 작은 마음과 이 작은 혈관덩어리를 양보
한다고 로로가 기뻐할 것 같진 않다 사실 내가 양보한 것은
아무것도 없다 로로를 받아 적고 그 옆에 나를 흘려 쓴 일이
나와 로로 사이에 일어난 전부다

　로로를 훔쳤으나 로로가 온전할 뿐이다

　로로는 파수꾼이고
　나는 파수꾼의 낮잠을 방해하는 새다

　로로가 사라지면 나는 떠날 수 있을까
　내가 사라지면 로로는 잠들 수 있을까

　새로운 의자에 놓인
　새로운 로로가 나를 올려다본다

　쉬고 싶어

로로는 완곡하게
나를 단어로 부른다

외딴섬 절벽에서
등대에서

나는 굴러
굴러 사라지고

로로가 거기 남는다

로로가
받아 적는다

믿음

그의 이름을 부른 지 오래되었다 나는 해마다 그에게 새
로운 이름을 붙여주었는데 얼마 전부턴 그도 이름도 떠오
르지 않았다

무엇이 먼저 사라졌는지는 알 수 없지만 나는 하나의 이
름과 하나의 몸을 가졌고

그것이 그에게는 불리했을 것이다 몇 해를 지나오면서도
그가 정확히 어떤 존재인지 파악하지 못했으니까

아니 하지 않았던 것 같다

그는 억울해할까 그가 나의 존재를 모를지도 모르지만

무수한 악몽을 지나쳐오면서 단 하나도 기억나는 얼굴
이 없다
베개를 뒤집으면 새 이름과 새 얼굴이 있고

나는 매일 갈아입는다

이것이 일종의 구원이라면 누가 나의 이름을 부를 수 있
을까 어디를 올려다보고 있어야 내민 손을 잡을 수 있을까

그도 이름도
그리고 나도
아주 오래된 것만 같다

어디선가 그가 실존하고 있다면
그리고 억울해하고 있다면

어쩐지 기쁠 것 같다

별 고르기

　머칠 눈이 내렸대요. 길게 잠들었다 깨어 이제야 확인합니다. 하얗게 쌓인 눈을 기대했는데 도로 바깥으로 밀려난 검은 덩어리만 보입니다. 내가 잠든 사이 세상은 온통 하얗게 눈부셨겠죠. 나는 옷깃을 여미고 창문을 닫는 정도로 이 계절을 보내줄 생각입니다.

　탁자에 앉아 오르골을 켭니다. 태엽 맞물리는 소리 두어 번. 멜로디가 재생됩니다. 커피포트에 물을 올리고 끓어오르는 소리를 듣습니다. 한 사람의 온도가 빠져나간 집은 영영 추울 것처럼 굽니다.

　나는 아- 발음해봅니다. 오르골과 수증기와 내가 차가운 창에 부딪혀 거실 바닥을 구릅니다. 이제야 나는 완벽하게 혼자인 것 같습니다. 지나간 계절에 남겨진 낙엽처럼 조금 바스락거릴 뿐입니다.

　나는 남은 것들로 잘 살아볼 생각입니다. 흰 물컵에 따뜻한 물을 붓고 옷장 속에 두었던 편지를 꺼내봅니다. 보관의 매뉴얼은 늘 건조하고 서늘하므로 우리는 빛도 없이 멋지게 갈변해 잘 말라 있습니다. 바깥에 수북이 쌓인 눈도 결국 녹아, 마르고 따뜻한 날이 오겠지요. 말린 계절을 다 더하면 우리가 살아날 수도 있지 않을까 생각해봅니다.

편지를 씹어도 보고 물에 불려도 봅니다. 투명한 유리잔 ⎯
에 검은 잉크가 번져 천천히 가라앉습니다. 물에 번진 말줄
임표 서너 개와 흘려 쓴 마지막 인사 같은 것들이 둥둥 떠오
릅니다. 간혹 창으로 빛이 들어 그것을 보고 있던 나의 몸이
함께 밝아지기도 합니다. 이제 행간에 남은 미래는 없는데
나는 불 꺼진 거실에서 자주 빛을 발견합니다.

싱크대로, 너절해진 우리가 물을 토하며 형편없이 굴러떨
어집니다. 몇은 찢기고 몇은 생생합니다. 계절이 바뀔 때마
다 누군가 초인종을 눌러주었으면 좋겠습니다.

사라지는 것보다 서서히 잊히는 것이 무섭습니다.

추신

우리가 천천히 말라비틀어지기 전에 나는 옷깃을 여미고
나가 건조하고 서늘한 공터를 찾을 겁니다. 잘 마른 우리를
태울 곳을 찾아 오래 걸을 생각입니다.

바람이 불어 재가 흩어지면
나는 그것들을 다 치우고 집에 돌아갈 겁니다.

아무도 우리를 울리지 않고

앞서 걷던 네가 뒤돌아
"벌써 끝인가봐. 개가 돌아오고 있어."
말하면서 규칙은 시작된다

"가는 길에 비 피할 곳이 있을까요?"
지친 개를 안아든 주인이
흘러넘친 얼굴을 닦으며 말을 걸자

너는 개를 쳐다보기 시작한다
나는 네 손을 꼭 잡고

"글쎄요, 저희는 방금 막 시작해서요."

목줄이 길게 바닥을 긁으며 저녁을 죄다 끌고 가는 동안
그 틈으로 모인 짙고 어두운 빗물이 우리들의 발목을 세
게 말아쥐는 동안에도
너는 개가 사라진 곳을 보며 움직이지 않았다

아무도 우리를 울리지 않았는데
공원은 넘치려 하고

나는 가만히 네 손바닥을 어루만졌다
단단하게 직조된

가늘고 의미 없는 인간의 형상 같은 것을

"괜찮아?"

움켜쥔 사랑을 마구 휘두르면서
우리를 우리라고 함부로 부르는 것을

"미안. 잠깐 다른 생각 했어."

사람들이
하나둘 도착하자

거짓말처럼 비가 그쳤다

"여기가 끝이에요?"

나는 손가락을 뻗어
공원의 안전표지판을 가리켰다

물의 과녁

강변을 따라 흐르던 우리는 도착지를 검색하고 있었는데
지도를 켜면 시작점만 나왔다

걷는 개 뛰는 사람 처음 보는 새가
시작되고

나는 손에 든 맥주를 식도로 넘기며 잠깐 네 손을 놓는다

여름의 강변은 조급한 마음만큼
일찍 끝이 난다
오후가 강을 타고 흘러 사라지는 동안

우리는 차갑게 식었다가 금세 녹아내리는 손을 몰래 털
어내면서
어디론가 돌아가고 있었다

손잡을까?
여름이잖아

멀리서 날아온 새가 강에 착륙해 부리로 물을 쪼았다
크고 둥근 파동이 여름 이불처럼 펼쳐져 밤을 뒤덮고

처음 보는 새야

나는 말없이 맥주 캔을 구긴다

이제 끝말잇기도 끝나가고
더 익을 마음도 없는데

바닥에 조금 남아
찰랑거리는 우리

몸 없이
모든 걸 기댄 우리가 소실점처럼 포개지면서

그곳으로 빛이 모인다

저건 왜 안 사라져?

쓰리고 따끔한 것이 점차 퍼져나가고 있었다

거울에는 내내 텅 빈 것이 비치고

나는 사랑이 끝난 몸을 아무렇게나 던져둔다

물병을 물로 씻는 건 당연한 일인데
사랑이 끝난 몸은 사랑으로 헹궈낼 수 없고

지구는 선택되었다고 한다
아무도 거리로 나와 사랑을 외치지 않으면서
오로지 지구에서만 사람이 살 수 있다고

나는 텅 빈 소행성이고
지구에는 물과 사람과 사랑이 가득하다

새벽이 되면 종종 거리로 나가
곧게 선 구조물 앞에 가만히 서 있기도 했는데

지구에는 이만한 슬픔을 담아낼 봉투가 없고

나는 영영 수거되지 못할 것 같다

창문은 어쩌자고 저렇게 다량의 빛을 끌어안고 있을까
나는 이 도시를 차갑다고 표현해야만 하는데

거리의 끝에는 환한 가로등과

불을 끄러 온 사람이 풍경처럼 가만히 있다

어디를 눌러야 꺼질까요
글쎄요, 우리는 처음 본 것 같아서

사라지는 풍경마다 행선지를 물었다

그때마다 멀리서 빛과 굉음을 몰고 무언가 들이닥쳐
모든 걸 수거해 갔다

단단한 우리

우리는 덜 자란 사랑니를 비비며

형체 없는 것들을 씹어대는 일에 너무 많은 이빨을 소모
했다고
너무 부족하게 태어났다고

우리 안에 갇힌 사슴을 보며 말했다

멋지지 않아? 고고하고 아름다운
저

단단한 이빨과 뿔 사이를
깍지 끼고 걸었다
둘이 합쳐 만원을 내고

크거나 작은 우리에 갇힌
크거나 작은 동물을 보며

멋지다 말하려고
인간으로 태어나서 다행이야
말하려고

날이 저물자 모두 집으로 돌아갔다

돌아가는 길에 가장 아름다웠던 우리 앞에서 사진을 찍
었다

　하나
　둘

　앞에 봐

　사슴이 노을을 보고 있었다
　노을이 사슴뿔을 갈라 우리를 어지럽히고 있었다

　앞에 보라니까

　나는 붉게 산란하는 역광 속에서
　가장 거대한 뿔을 가진 사슴이 머리를 조아려
　그것을 내려놓는 모습을 보았다

유실물

자라는 거 말곤 아무것도 몰라서 우리는 여름이 오면 바닷가 근처에 가 살았다 그해 여름에는 강풍에 수거된 나무가 이동식 크레인에 실려 가는 모습이 자주 보였다

여기 점 있는 거 알아?
너는 모르겠지 네가 아무리 고개를 돌려도 점은 사라지지 않으니까

바람소리가 방안까지 뿌리내려 이불을 뒤집어쓴 채 밤새 수거되는 꿈을 꾸었다

벌써 비가 와

미래에는 여름이 더 길어질 거야 극소량의 밤만이 남아 사람들이 죄다 낮으로 도망칠 거야 장마만 남은 그곳에선 우리가 조금 더 오래 살 수 있을 거야 아주 가끔 밤에도 사람이 살겠지만 장마에 삼켜진 사람들이라 아무도 우는 줄 모를 거야 슬프겠지 울 수 없는 밤이라는 건

너는 꿈마다 다른 방식으로 울었다
나는 창틈으로 넘친 물을 두 손으로 받아내면서
열대어처럼 열심히 뻐끔거렸다

눅눅한 서로의 살갗을 뜯어먹으며
만지고
만져지고
놀랍도록 우리가 살아 있다는 것을

이불 좀 빨까?
장마가 끝나면
다음에
다음에

실감하는 일은 좀처럼 마르지 않는다

저 장마를 우리가 다 받아낼 수는 없겠지만
눈을 꼭 감고 있으면 떠내려가지 않을 거야
장마가 끝나고 마른 살 냄새가 나면 일어나자

우리는 천장을 비집고 들어온
빗물에 밥을 말아 먹었다

살아 있자
우선 살아서

사라지지 말자

실루엣

이불은 우리들의 게임이다
이불에서는 모든 게 유연해지고

우리는 양발을 어루만진다

이불에 빠지면 헤어나올 수 없다
거기서는 먼저 떠나는 쪽이
모든 걸 두고 가야 한다

포근한 이불에 누워 맞댄 심장을 데우면
천장에 흐르던 구름이 멈춘다

여름 옥상의 건조대처럼 오래 익은 우리는
이불보다 더워서 다음 여름이 오기 전에 누구든 떠나야
만 했다

규칙만 있고 마음만 있는
이불에

너는 다 익은 마음을 두고 나갔다

나는 이겼지 이겨서 기쁘다 그거면 됐어 그거 말고는 달리
자랑할 게 없으니까 자랑스러운 이불 우리가 이겼어

이불이 잘 정돈된 방은 아득할 만큼 건조하고 무섭고
손을 뻗어도 잡히는 게 없었다

흐트러지지 않는 이불 속

네가 꼭 죽어 있는 것만 같다

포말

비를 피해 들어온 네가 건조대에 눕는다
안녕하세요, 앵무새가 인사한다

나는 부르튼 벽지에 기대 앵무새의 부리를 쓰다듬는다 미
간에서부터 부리 끝까지 앵무새의 눈알이 손가락을 따라 움
직인다 방안이 좁아졌다 넓어졌다 한다

잘했어, 과일을 던진다

반쯤 마른 네가 돌아누워 양팔을 쥐어짠다
나는 구부정한 모습으로 바닥에 널브러진 비를 주워 담
는다

너까지 젖어서 어떡해

너의 회백색 입술이 무성영화처럼 느리게 꿈뻑거리고
앵무새가 입술을 따라 뭉개진다

괜찮아

금이 간 창틈으로 비가 스며든다
화분은 필요 이상의 물을 머금고 슬픔이 된다

마르겠지

새장에 갇힌 과일이 말라간다

가?

너는 널브러진 나를 주워 입고 창밖으로 나간다
너를 따라 방안이 전부 빠져나간다

안녕하세요,
앵무새가 인사한다

　나는 장마 내내 건조대에 누워 다 자란 화분의 이름을 고
민했다

먹던 것을 먹고 하던 일을 하고

며칠째 호우가 계속되었다
이따금 창틈으로 물이 새 휴지를 덕지덕지 붙여두고 자
야 했다

꿈에서는 뭉뚱그려진 사람의 뒤통수가 나왔다 뒤따라 걷
다보면 제법 큰 물웅덩이가 길을 막고 있었다 힘껏 뛰어도
반대편 땅에 닿지 않을 것 같아 매번 멈춰 서곤 했다

일어나면 불어터진 소면 같은 것이 바닥에 뚝뚝 으깨져 있
었다 집어내려 해도 자꾸 손가락 사이로 흘러 벽 쪽으로 밀
어두었다 혼자라서 다행인 일들이 생기기 시작했다

젖은 옷을 말리고 몸을 닦아내는 일 냉장고에서 말라비틀
어진 파 조각을 발견하는 일 두 사람분의 국수를 삶고 멍해
지는 일 냉장고에 남은 음식을 넣어두는 일 호우와 관계없
이 지속해야 할 일들

좀처럼 빨래가 마르지 않았다 눅눅한 나무의자에 맨몸으
로 앉아 물 부서지는 소리를 들었다 초인종이 울린 것 같아
문을 열어보기도 했다 잘 마른 옷이 놓여 있는 상상을 했다

어느 날의 꿈에서는 앞서 걷던 사람이 물웅덩이에 빠졌다
유리창 깨지는 소리가 나면서 사람은 온데간데없고 그물처

럼 빛이 출렁거렸다 나는 젖은 소매를 안쪽으로 말아쥔 채 ─
파동이 멈출 때까지 물끄러미 바라보았다

　다음날에는 꿈을 꾸지 않았다 물 떨어지는 소리에 잠이
깨 얼굴에 튄 물방울을 닦아냈다 눌어붙은 자국처럼 잘 지
워지지 않았다

신기록

하얀 벽에 거대한 스크린을 띄우고 조이스틱을 움직였다
불규칙한 기계음만 들리는 저렴한 기념일

나는 한 발 뒤에서 네가 죽지 않길 기도했다 손에 망치를
쥐고 갑옷을 입은 네가 앞장서 몬스터를 없앴다 계단을 오
르고 낭떠러지를 뛰어넘어 사람들을 구했다 내가 화면에서
사라지지 않게 너는 가끔 멈춰 기다렸다

새로운 풍경 새로운 사연 새롭게 병든 사람
더 강한 몬스터 더 다채로운 함정 더 끔찍한 일

몬스터들은 죽을 때마다 믿음이 서린 목걸이 같은 걸 주
었고 우리는 계속 되살아났다 갑옷도 망치도 부서지고 재생
하는 동안 나는 점점 독실해졌다 제 앞에서 망치를 휘두르
는 저 사람이 죽지 않게 해주세요 더는 무서운 장면이 나오
지 않게 해주세요

이거 좀 치사하지 않아?

조이스틱보다 스틱을 만지는 우리보다 커져버린 세계가
두렵기도 했지만 낮은 채도로 뒤덮인 네 얼굴은 어느 때보
다 신실해 보였다

괜찮아 게임이니까

스틱을 움직여 말하는 너 이불 속에서 발이 부딪히는 너
누가 한 말인지 헷갈려 눈 감고 기도만 하는 나

그만할까?

거실은 실내 체육관처럼 다시 조용해지고
가끔 픽셀 부서지는 소리만 났다

앞서가는 망치를 멍하니 바라보다가 네가 괴물에게 잡아
먹혔다 무거운 망치가 바닥에 떨어지는데 아무런 소리도 나
지 않았다 너는 몬스터처럼 괴성을 지르며 부서졌고 스틱
은 바닥을 굴렀다

뭐해 앞에 보라니까 앞만 보면 되는 건데

하얀 벽이 우르르 무너지며 픽셀을 쏟아냈다
그림자가 포물선을 그리며 멀어지고

나는 우리가 죽여온 것들과 멈춘 이야기 사이에 홀로 남아
네가 사라진 방향을 멍하니 보았다 일렁이던 거실이 멈추고

화면에 비친 나는 부러진 스틱 같고

천천히
엔딩 크레디트가 올라온다

1. ???
2. ???
3. ???
.

.

.

생일 편지

축하해

너는 무섭다면서 그걸 끝까지 읽고 있니 편지를 거꾸로 읽
으면 저주가 된다고 들었어
  그 편지는 그 말을 듣기 전까지의 내용이야

  그만 좀 읽어 내가 간 다음에 보라고 쓴 거야 그게 지금의
우리에게 아무것도 미치지 않았으면 해

  이거나 봐 천천히 돌리면
  그래 쏟아져 어때 아름답지?

  잔을 들어 천천히 부딪치면
  너는 살짝 출렁거린다

  약속했잖아 아프면 집에 돌아가기로

  주먹을 굳게 쥐고 서로 열심히 바라보았다 아무도 아무것
도 들키지 않는
  너와 내가 깨지지 않고 지속되고 있었다

  오랜만이지 이런 건

—　흘러나오는 노래가 좋았다 뭘 더 말할 수 없을 만큼

나는 들고 온 스노우볼을 계속 뒤집었다
네가 그만하라고 말해주길 바랐는데

나 좀 봐봐 아니 거기 없어
여기
여기
괜찮다고 해도 너 너무 취했어 집에 가자 집으로 돌아가
자 거기 칫솔도 있고 이불도 있고
너 오늘 슬리퍼 신고 나왔어 춥지?

춥지는 않아 춥지는 않은데

뭐가
뭐가 슬프냐고
대체
우리가 왜

흰 벽을 따라 왔는데 돌아가는 길에는 흰 벽이 없었다
손에 쥘 것이 없었다

흰 벽일지는 몰라도 어두워서 못 봤을 것이다

우리는 그걸 타이밍이라고 불렀고

타이밍을 놓친 알람이 도착한다

생일 축하합니다 생일 축하합니다
사랑하는

이런 건 꼭 말로만 하게 된다

홀

공연이 시작되자 우리는 손을 꼭 잡았다

배우는 계단에 올라 궤도를 이탈한 새라고 자신을 소개했
다 둥지를 짓다 부리가 부러진 새라고 말하기도 했다
배우는 새 울음소리를 냈다 북부 지방의 추위에 익숙한
새라고 말하다가

무대를 뛰쳐나갔다

긴 정적이 홀을 뒤덮었다 사람들은 숨을 죽이고 어떤 미
지의 종이 어둠 속에서 태어날지 기대했다

배우가 사라진 무대에는 커다란 암막이 내려왔고
누군가 일어서서 박수를 치기 시작했다

사람들의 머리통에 갈라진 그림자가 다음과 다음의 사람
에게 드리워졌다
의자가 균형을 잃고 사람으로부터 일어났다

저녁은 기록할 만한 사건이 되었다

불 꺼진 회전목마에서 나는 잠을 깼다 옆에서 내내 울먹
거리던 네가

무대 뒤편을 향해 손을 뻗고 있었다

배우가 사라진 계단에서 어두운 구멍이 솟아났다
아무도 어두운 무대에 솟아난 어두운 구멍을 보지 못했다

퇴장하는 사람들은 어둠으로 끝이 나버린 무대에 관해 이
야기했다 끝에는 어둠이 있다고 어둠의 다음에는 아무것
도 없다고
약속이라도 한 듯 나란히 말하고
나란히 줄을 서서 집으로 돌아갔다

조명이 꺼진 홀에서도 사람들은 침착했다
익숙해진 어둠과 나란한 실루엣을 손에 쥐고 앞으로 나
아갔다
모든 것이 뒤통수처럼 보였다

되돌아온 다정을 팔에 끼고 나는 잃어버린 게 없는지 주
머니를 뒤적거렸다

너의 외출로부터 소식이 없다
냉장고가 저절로 열리더니 썩은 양파가 굴러떨어졌다

이상 징후

우리는 마주앉아 지구본을 본다
오랜만이라는 말을 끝으로 카페는 조용해진다

얼음이 유리에 부딪히면서 장면은 깨져나가고
검은 것으로 가득한 너의 잔이 천천히 미끄러진다

나는 언제 생긴지도 모르는 지구본을 보며 이상하다고 생
각했다 이것은 종업원이 가져다놓은 것도 너와 내가 가지
고 온 것도 아닌데

우리 사이에 갑자기 자라난 이 물체를 아무도 의아해하
지 않았다
내 눈을 마주보지 않는 너를 내가 의아해하지 않는 것처럼

나는 헛기침을 하며 누군가 우리의 이상한 간극에 관해
이야기해주길 바랐다 이것이 모종의 징후인지 아니면 유행
하는 현상인지

나는 대서양 근처를 찍고 가볍게 힘을 줬다 이것이 진짜
로 움직이는 지구본이라면
우리는 지구본의 존재를 통해 다시 대화를 시작할지도 모
르지만

네 휴대폰을 기점으로 끝없이 진동하는 테이블과
유리잔과

물을 튀기며 돌아가는 지구본

검고 푸른 비가
창문에 부딪혀 깨지고

그제야 너는 뒤를 돌아본다

시소

익숙한 공원 벤치에 우리는 앉아 있다

오래 멈췄다가 다시 건축된 어느 건물의 완공 날
사람들은 공원 한쪽에 환호성을 쌓아두고 길고 하얀 천을
서로에게 묶은 채 힘껏 웃는다

시끄러운 한낮의 공원에서 너는 미안을 시작한다 나는 웃
고 축복하는 사람들을 본다 우리에게 배정된 작은 고요 속
에서 너는 가까스로 문장을 완성한다 나는 터진 풍선의 입
술을 주워 만지작거린다 누군가 약속 없이 우리의 앞을 지
나가고 그런 사소한 오차에도 너는 쉽게 깨어진다

너는 미안해하고 나는 자꾸만 넘어진다
우리의 불시착은 영원할 것만 같다

커다란 조명이 발밑을 훑고 지나간다
우리가 약속한 것보다 침묵은 오래 지속된다
너는 입술을 깨물고 나는 건물 외벽에 닿은 풍선이 터져
나가는 광경을 본다

건축이 건축을 허물고 있었다 오래된 건축의 기울어진 내
각이 서로에게 기대어 있었다
조용하고 차분한 균열을 우리는 속으로 세어보고

거짓말이 이 상황을 나아지게 할 수 있다면 너는 할 것
이고
　사람들의 웃음소리가 멎을 때까지만 나는 속아줄 것이다

　건물이 기울고 있는데 아무도 올려다보지 않았다

　우리가 처음 나눴던 인사말이 기억나지 않는다

기도회의 거지들

부엌의 밝은 조명이 우리들의 얼굴을 비춘다
마주앉은 식탁은 명징해지고

너는 생선살 발라내는 일에 집중한다 젓가락이 뼈마디에
닿을 때마다 나는 놀라는 표정을 짓는다
흘러내린 그림자가 바닥으로 굴러떨어진다

조명 빛에 뭉뚱그려진 채로 어둑해진 우리는

식사를 하고
배가 부른 만큼 서로를 믿고

생선처럼 입을 벌리고 연신 가시를 뽑아내는 너를 본다
저녁이 덧대진 식탁은 물에 잠긴 듯 먹먹하고

휴지 심을 구겨 바닥에 내던지며 너는 멀리 싱크대까지
손을 씻으러 간다
멀지 않은 너의 뒷모습을 보며 숨을 몰아쉰다

손을 잡고 도착한 무료한 식탁이
직선으로 멀어졌다가 되돌아오지 않는다

앞으로는 도저히 변명할 수 없는 마음을

나
너
먼저 말해

우리는 그냥 믿어버리는 식으로

잘 먹었습니다
두 손을 모아 말하고

문 닫히는 소리

동시에 허기가 진다

믿음의 배역들

예배당 천장은 높고
닿을 수 없어 보였다

그애와 처음 미사를 보던 날 어쩌면 세례명을 지어줄 수
있겠구나 성당 사람들이 보는데도 나는 잡은 손을 놓지 않
았다

그애는 미사 내내 천장과 기도하는 사람들을 번갈아 보
았다

너희 신은 예쁜 물감을 좋아하나봐
보고 있으면 마음이 편해지는 그런 물감이

나에게도 있는지 그애는 물었고 대답도 하지 않았는데 독
실한 내게 당연히 있을 거라고 믿었다

너희라는 말이 싫어서
그애 입을 손으로 틀어막고

하나님 이애를 사랑하지 않게 해주세요

검은 천이 내려앉은 밀실에서 천천히 신부님이 걸어나왔다
나는 어쩐지 고개를 들 수 없었는데

오늘 처음 성당에 온 그애는 독실한 나보다 더 독실한 표
정으로
예배당을 뛰쳐나갔다 세례명도 없이

천장에는 그림 대신 마구 뒤섞인 물감이 장관을 이루고
있었다

애칭

기념일을 맞아 유언을 썼다
종이를 반 접고 선을 따라 잘라

반씩 나눠 가졌다

이름도 적는 거야?

너는 정말 죽기라도 하는 것처럼 열심이다
대답 없는 너를 보며
이참에 다른 이름으로 부르자고
기념일이 끝나면 말해야겠다고 다짐했다

얼른 유언이 끝나버렸으면……

나는 아무것도 없는 하얀 천장을 보면서 적당히 낭만적인
구절을 떠올렸다 조금 잘라내 앞뒤에 붙일 생각으로

소매를 쥐고 천장을 문지르면 하얗게 부서진 우리가 우
수수 떨어졌다

너는 유언 앞에 엎드려 잠들었다
나는 너의 몸에 누워 어둑해진 천장을 보았다
포개진 그림자는 많이 사랑하고도 더 사랑할 수 없어서 사

이쁘게 뭉개지길 택한 시체 같았다

밥이나 먹으러 가자

손을 꼭 잡아서
정말 이게 끝인지 물어보지 못했다

현관문을 열자 이름 적힌 택배가 와 있었다

편도

저기 수상한 나무가 있어

아무도 몰랐던 걸 어째서 너만 발견할 수 있었을까 아주 작거나 눈에 띄지 않는 색이었을 나무가 밝고 커다랗게 자라 있었다

수상한 나무로 뭘 만들고 싶어 수상하다는 건 가능성이 니까

너는 수상한 나무 근처에 작은 집을 지었다

이쪽에 창문을 만들자 호수도 잘 보이고 무엇보다도 수상한 나무가 정면으로 보이니까

밤에도 나무가 밝았다
나는 밝은 나무 때문에 도통 잠을 이루지 못했다

이제 집도 어느 정도 마무리가 되었고 사람만 들어오면 완벽하겠지

수상한 나무와 수상한 가능성 때문에 집이 점점 좁아지고 있었다 너는 매일 수상한 나무 주위를 서성였고 나는 집안의 물건을 하나씩 줄이기 시작했다

더는 집이 좁아지지 않자
수상한 나무에 작은 열매가 맺혔다

사람들이 모여 수상한 나무를 구경했다

너는 기뻐하며 집밖으로 나가
나무를 베어냈다

밝고 커다란 나무라서 그러면 안 된다고 생각했지만

수상한 나무는 수상한 의자가 되었다
이만하면 잘 어울리겠어
앉아도 보고 두들겨도 봤다

수상한 나무가 사라진 마당에는 수상했던 밑동만 남아 있
었다

너는 열어둔 창문을 닫으러 가서 돌아오지 않았다
사람들이 다 돌아가서 나도 따라 돌아갔다

메아리

공원을 걷던 우리는 출구 앞에서 검은 물체를 발견하였다

개인 것 같아

개는 온전한 형태를 갖추고 있었다 혀를 조금 내밀고 눈
을 감았을 뿐인데
너는 이것이 죽었다고 말한다

사람이 너무 무서워 사람이라는 이름이
죽은 개를 보면서 너는 말하고

나는 죽은 게 아니라고 다시 한번 잘 보라고
말하려다
네 얼굴이 흐려지기 시작하는 것을 보았다

괜찮아 넌 잘못한 거 없어

심박수에 맞춰
등을 두드리자

네가 서서히 돌아오기 시작했다

괜찮겠지?

이 모든 건 우리를 위한 일이 아니었지만
그렇다고 개를 위한 일도 아니었다

당연하지

우리가 출구까지 왔다는 사실을 되새겼을 때

공원은 너무 어두워져 있었고
개가 놓여 있던 자리에는 새가 있었다

너는 다시 고개 숙여 울기 시작한다

나는 이것을 죽었다고 적는다

또 봐요 다음에

죽은 나무가 입구가 된
숲에서

줄에 묶인 나무들이 자라고 있다

이따금 사람들은 숨을 멈추고
죽은지도 산지도 모르는 나무와 사진을 찍는다

계절감이 사라진 숲은 넓은 관처럼 고요하다
나무 위에 내려앉은 빛이 굴절하며 출구로 뻗어나가는 동안
나는 숲길을 다 걷고 돌아와
입구부터 다시 산책을 시작한다

밝은 옷을 입고 숲을 걸으면
사람이 죽는다는 게 믿기지 않는다

먼발치에서 출구를 발견한 사람이 소리치고
안내문에 따라 천천히
사람들의 숨이 빠져나간다

나는 혼자 남아 빛이 다 모일 때까지
네가 도착했다는 확신이 들 때까지
살아 있다가

죽은 나무에 손을 올린다

바람이 몇 차례 손을 감쌌다 빠져나갔다

조화에도 물을 주시나요

섬을 맴돌던 새의 부리에서 물 떨어지는 모습 본 적 있나
요 날개가 잠깐 해를 가릴 때 미끈거리는 물빛이 두 눈 집어
삼킬 만큼 산란하는 광경은요 가만히 누워 종일 창밖을 보
는 건 하나도 어렵지 않지만 믿어줄 사람을 찾는 건 조금 어
려운 일입니다

조화에도 무지개가 뜰까요 물을 열심히 주면요

가습기도 빼먹지 않고 물도 자주 마셔서 언젠간 창틀에 쌓
인 검은 모래를 내 손으로 쓸어내고 싶어요 창문에 걸린 해
변을 섬이 보일 때까지 밀어내고 그를 기다리는 일 내내 시
들지 않고 아름답길 바라는 일 내가 할 수 있는 건 이런 것
뿐이에요 가만히 놓여 죽어버리지 않는 일

이따금 사람들이 몰려와 해변에 떨어지는 빛을 보며 하나
같이 아름답다 말하고 돌아가요 저녁에는 더 빛날 텐데 조
금만 기다리면 나를 이해할 수 있을 텐데

나는 해변과 섬 사이 혼자 남아 반쯤 열린 창문 밑에서 몰
래 울어요 머리를 벽에 기댄 채 짭짤해진 얼굴을 쓸어내리
면 밀물처럼 우수수 해변이 쏟아져 방안이 눅눅해집니다

그가 오기 전에 치워야 해요

꿈에서는 매일 흐릿한 무지개를 보고 눈을 뜨면 천장에 일
렁이는 물결을 봅니다

부엌에서 미역 끓는 소리가 들립니다 섬에서 그가 돌아왔
나봐요 달려가 그를 끌어안고 미래의 죄까지 모두 고백하다
지쳐 잠들고 싶지만 그는 차분하게 말합니다

별일 없었어요?

그가 내 고개를 들고 뜨거운 미역국을 후 불어 천천히 밀
어넣을 때

아마도요

고백하듯 뱉은 대답에서 물비린내가 날 때

총천연색의 빛과 함께
거대한 해일이 밀려오고요

나는 더 울 수도 없이 불어터진 얼굴로

사랑한다고

원래 엔딩은 다 슬퍼

영화가 끝난 검은 화면에
우리는 픽셀처럼 남아

마주앉은 정면에 손을 뻗는다

어디 갔어

더욱 단단히 커튼을 치고

여기 있어

다시
시작되는 영화
생각보다 지루하겠지

믿어봐 이번에는 정말

커튼이 거대한 붓처럼 실내의 빛을 죄다 빨아들이고 있
었다
우리는 문 닫힌 팔레트 속 물감처럼
표면부터 서서히 굳어가고

영화는 생각보다 더 지루했다

주인공이 울고
이제 막 엔딩이 시작되려는데

네가 화장실에 간다

물소리와 함께
장면이 멈추면

나는 홀로 정지된 주인공의 슬픔을 마주하게 된다

주인공은 정해진 만큼만 울기로 약속돼서
멈춘 동안의 슬픔은 책임질 사람이 없고

질감이 사라진 실내에 우두커니 놓인 나는
얼굴을 더듬어 내 손을 확인한다

한참 뒤에 네가 나타나

못 들었어

그러면

우리는 다시 영화 앞에 앉아

타이밍을 잘 맞춰 울어야 할 텐데

다음 영화가 자동 재생되고
다시 손을 잡아도

휘저은 서로의 손에서 거품만 묻어나
뭘 잡아도
뭘 잡은지 모르겠을 때

우리는 손톱을 떼어냈다

사랑한다
사랑하지 않는다

생살을 밀어내고 사랑하는 우리가 기어나오고 있었다

광합성

여기는 겁없이 자라던 우리가 처음으로 사라지는 미래 예정대로 내가 남아 오후를 진행시키는 미래 식탁보를 들춰 잔반을 치우고 닦아내는 일이 전부인 미래 바깥에서 자란 새가 부리로 빛을 쪼아 실내를 두드리는 미래 실내에 갇힌 내가 계속해서 실내를 닦는 미래 행주를 뒤집고 또 뒤집어 묻어난 오후를 감추는 미래 이대로 끝나버릴 것 같은 오후를 한낮이라고 발음해보는 미래 네가 정말로 사라져서 더는 할일이 없는

미래에도

멈추지 않고 자라나는 미래 금간 실내로 쏟아지는 미래 빛 가득 움켜쥐고 놓지 않는 미래 오염처럼 무늬처럼 일렁이는 미래 살아남은 모든 것의 실내를 천천히 갉아먹는 미래 기어코 내 몸 찢고 돋아나는 미래 징그럽도록 고요한

미래의 식탁에서

이제 내가 할 수 있는 건 고작
식탁보 속으로 기어들어가 몸 누이는 일

혹시 네가 돌아오더라도
지독하게 썩은 나를 들키지 않는 일

3부

선망은 반쯤 부서진 작은 석상 같고

신림

　그는 낯선 도시 첨탑에서 동물 뼈 쏟아지는 꿈 꾸었다 부피 없이 맑고 텅 빈 파열음 도로 깨부술 듯 떨어지고 어깨 툭 치더니 멀리 뛰어가 사진 찍는 이방인 원 달러 원 달러 셔터처럼 빠르게 눈 깜빡이며 잡아먹을 듯 따라오는 들짐 승들 그는 부모로부터 훔친 단내 나는 꿈 심장에 박아 감춘 채 온몸 부숴가며 뛰었다 무겁게 짓누르는 타종소리 느리게 쫓아오는 눈동자 힘 풀린 발 질질 끌며 이국의 온 거리를 고르고 다니다 문득 꿈이 너무 오래된 것 같아 뒤돌자 죄 갈려나간 짐승의 뼈 거름 되어 부드럽고 매끄러운 이불 한 채 놓여 있었다 꿈이었구나 지친 그가 바스러지듯 거리에 포개질 때 허리춤에서 뭉툭하게 느껴지는 짐승의 무릎 뼈 그는 왠지 아는 짐승인 것 같아 온몸을 감싼 통증으로부터 멀어지지 못했다

부등호는 점점 작아지고 우리는

회랑1
이 사람 슬퍼 보여

검지로 턱을 받친 채
너는 결론짓는다
표정 없이

우리는 슬퍼 보이는 사람1을 지나친다

이 사람도 슬퍼 보여

회랑을 울리는 구두굽의 파열음 사이로
어디선가 흐느끼는 소리가 들린다

아까보다 더

회백색 탁자에 놓인 투명한 유리병
뿌리가 마른 행운목

인간이 만들어낸 슬픔은 고작
턱 두어 번 흔들리고 마는
검지 하나만큼의 무게인데

— 요즘은 도슨트가 없어서 좋아 딱 이 정도의 슬픔이

너는 누가 민 것처럼 회랑 안쪽으로 빨려들어간다

흐느끼는 소리 점점 커지고

나는 더 슬퍼 보이는 사람1 앞에서 도록을 꺼낸다

회랑2
너른 창
산란하는 빛
다각도의 그림자

아까 본 유리병 안에서 두 사람이 걷고 있다 속력 없이 그
림자 없이

여긴 햇빛이 너무 밝다 이렇게 밝을 줄 모르고 그렸겠지

네 엉성한 손차양 사이로 여과된 빛이
유리병에 스며

얼굴 하나
얼굴 둘

—

불투명해지고

이 사람은 기뻐 보이네

얼굴도 없이

출구1
멀리서 아주 커다란 조명이 우리를 비추고 있었다

우리는 다시 유리병을 지나 슬퍼 보이는 사람1을 지나

저건 안 보고 가도 되겠지?

흐느끼는 사람1을 본 셈 치고 바깥으로 나갔다

똑같은 얼굴들

들고 나온 구두굽 소리가 도로에 닿을수록 희미해졌다

홀로서기

벌을 받았던 것 같아요 교실 밖으로 나왔는데 아무도 감시하지 않아 내키는 대로 걸었습니다 힘에 부칠 때까지 걷다보니 운동장 한가운데였어요 담장을 타고 넝쿨처럼 기어드는 아이들의 아우성 교실 창문에서 흐르는 나른한 목소리 바람에 쓸려 서걱거리는 모래 까슬한 살갗

멍하니 피어오르는 먼지를 보고 있으면 영혼이 빠져나가는 것만 같았습니다 그때쯤 가장 믿기 쉬운 괴담은 이곳에서 사람이 죽었다는 소문이었으니까요 저는 어디에 힘줘야할지도 모르면서 영혼이 빠져나갈까봐 온몸에 힘을 주고 버텼습니다

한 발짝 뒤로 다시 앞으로 발을 구르다 종소리가 나 정면을 보았습니다 정면만 보려고 노력했습니다 정면에는 먼지와 영혼과 골대와 담장이 있었어요 사람은 없었습니다 양옆으로 나열한 무수한 창문이 창문 속 친구들이 전부 나를 보는 것 같았어요 벌을 준 선생님은 교무실로 돌아갔을까 교무실 위치가 어디였지 그런 생각을 하며 몰래 곁눈질하는데

엄마도 아빠도 사돈에 팔촌까지 너른 벤치에 앉아 저를 바라보고 있었습니다 응원하고 있었어요 이름만 알던 옆 옆반 친구도 친하게 지내던 친구도 나를 가르쳤던 선생님 가르치지 않았던 선생님 담장 너머 아파트 단지의 얼굴 없는

주민들 이제 다 커서 소리지르지 않는 아이들까지 전부 저 ㅡ
를 응원했습니다 저는 허리를 쭉 펴고 고개를 바짝 치켜세
우고 자세가 흐트러지지 않게 주먹에 힘이 풀리지 않게 다
리가 떨리지 않게 턱살이 접히지 않게 바람에 앞머리가 흔
들리지 않게 매 순간 힘주어 살아냈습니다

　저는 지금도 가끔 텅 빈 거실 반투명 유리창 앞에 서서 벌
을 받습니다 허리도 목도 다 굽고 주먹에도 그때처럼 힘이
들어가질 않습니다 복숭아뼈가 어긋나 영혼이 흘러내린 걸
까요 정면에 보이는 게 영혼인지 뭔지

　이곳에는 아직 괴담이 없습니다만 매일 이불에 둘러싸여
사는 사람에 관한 소문이 생길지도 모르겠습니다

　저는 왜 가만히 서 있기만 할까요 사실 그런 것보다 이대
로 잠드는 게 더 무섭습니다 눈을 뜨면 운동장 풍경이 보일
까봐 적어도 복도에는 있어도 된다고 아무도 말해주지 않
을까봐서요

실내등과 마른미역

점
멸하는 실내
등 아래 태어난 일
을 축하하며 우리는 촛불을
꺼 폭발할 것처럼 끓어오른
주전자가 우리의 영혼을 데리고
실내를 배회하는 광경을 방관했다 다 같이 생일 노
래를 부르며
요람처럼 몸을 흔들며
눈 마주치지 않고 처음 듣는 것처럼 너와 나의
이름을 자꾸만 부르며
아름답게 아름답게
퍼져나가는
서로의 그림자 오늘은 마른
미역 불어난 것을 미
래로 착각하여 국그릇 바닥 보일 때까지 긁어 마시는 날
가망 없이 태어났지만
사는 일 포기하지 않아 고맙다고 앞으로도 사랑하고 사
라지지 않겠다고 다짐하는 날 책임감 없이 미래는 더 나아
질 거라 말해도 괜찮을
것 같은 날 의자를 밟고 올라선 네가 실내등을
만지다 사라진 날
같은 날 같은 테이블 점멸하는 실내 다 탄 초의 그을린

은박 나는 눈이 부셔 끝내 너를
데리고 나오지 못했다

악습

선생은 장작을 구해 오지 않았다
더는 아무도 사냥꾼을 찾지 않았다

나는 조악하게 깎은 나무 식기를 정리하다가 바닥에 내팽
개쳐진 선생의 털옷을 주웠다 선생이 몰고 온 조그마한 겨
울이 날카롭게 살을 엤다 나는 흰 산처럼 두툼해진 선생의
털옷을 불 꺼진 난로 앞에 가져가 털어냈다

아주 천천히
온 세상을 집어삼킬 것 같던 눈더미가 작은 손에 밀려 형
편없이 바스러졌다

선생은 난로 앞 의자에 앉아 해진 그물을 꿰었다 어지럽
게 얽힌 선생의 낡고 거대한 손 두터운 주름을 말아쥐고 제
몸보다 큰 것들을 밀어내던 선생의 손 나는 선생이 선생을
꿰어내는 광경을 가만히 보았다

*아주 거대해서 끊어지지 않는 그물을 가지고 싶어 선생이
매일 힘들지 않게…… 아니 사실은, 바깥 이야기를 조금 더
듣고 싶어 역시 어렵겠지 그건…… 그러니까 끊어지지 않
는 쪽 말이야*

선생은 다 꿰어진 그물을 천장에 매달고 여러 번 당겨보

았다 의자 위에 올라가 바닥을 한참 내려다보기도 했다 힘
풀린 눈가가 통째로 쏟아져 갈라진 나무 바닥을 모조리 부
술 것 같았다

　선생, 너무 어려우면 작은 목줄 같은 건 어때 숨이 조금
막혀도 괜찮을 것 같은데 따뜻한 수프를 끓여주고 뜨거우
니 천천히 먹으라고…… 가끔 잘했다고 말해주면 정말 괜
찮을 것 같은데……

　둥지를 잃은 어린 새의 추락 예행연습처럼 선생은 양팔을
휘젓기도 하고 가슴께를 툭툭 치기도 했다 나는 선생의 어
떤 것이 결연해졌는지 알 수 없었지만 곧 불이 꺼질 것 같
았고, 으레 그 징후를 포착하면 털옷을 걸친 채 뒤뜰 창고
에 나가 마른 장작을 꺼내오던 선생은 더이상 아무것도 걸
치지 않기로 다짐한 것 같았다 모든 걸 벗은 형태가 아닌 더
는 걸치지 않는

　선생은 거대한 투명 비닐 같았다

　나는 선생의 의자 근처에 선생의 털옷을 가져다놓았다

　그런 건 없겠지 선생
　이 세상에 버려지지 않는 건

나는 선생을 볼 자신이 없었다 사실
더는 선생이 선명하게 보이지 않았다

그치?

창밖의 눈은 여전히 거세게 몰아치고

듣고 있어?

대답 없이
불이 사그라들고

아주 오래

희고 밝은 눈은 꺼지지 않았다

눈이 그치지 않았으면 좋겠어

나는 이 집과 우리를 태울 힘이 없어

그런 건 가르쳐주지도 않았잖아

그래 모든 건 선생 탓이야

무책임하게

......

거대해진 밤이 눈을 삼켜
가끔 유리가 스스로 빛나는 일 말고는 아무런 일도 일어
나지 않았다

새 인형 공장

촛불을 켜고 입장하세요
구석에 숨으면 타지 않을 거예요

옷장은 넓고 발화점이 높아요 타 죽은 새보다는 구워진
새가 아무래도 죄책감이 덜합니다 말장난처럼 죽은 자국들,
엄마는 유년 시절을 야단치는 중이에요 사실은 그때의 꿈을
요 매를 건네는 엄마 손에서 락스 냄새가 나요 세상에서 제
일 깨끗한 인공 겨울

입지 않은 계절을 밤새 빨아대는 정성으로 엄마는 둥지
를 만듭니다

떠나는 법을 배운 새들은 제일 좋아하는 옷 한 벌을 두고
간답니다 이런 걸 관성이라고 우기던 언니는 촛농처럼 울다
가 다 타버린 애인을 찾으러 남쪽으로 떠났어요 그곳은 빙
하가 많아서 아무리 울어도 다 녹지는 않을 거예요 그걸로
안심이 되는 나는

지평선이 흘린 노을처럼 오늘의 일당이 밀려오는 풍경을
멍하니 보면서
도저히 미워할 수 없는 나라의 아이들을 미워합니다

감독관의 파리채에 맞아 죽은 새는 죄다 날개를 잃은 새

들일 겁니다 그래야만 죄책감 없이 저들이 죽어버리는 상상을 할 수 있겠어요 눈꺼풀이 감겨오지만 허덕이며 잠겨오는 것들이 더 무겁습니다

온 힘을 다해 재앙 같은 프레스기를 눌러댑니다 인형의 속살을 찍어내는 무게가 우리들 뼈보다 단단합니다
무엇이든 포장하는 법만 배운 나는 저 먼 나라의 도련님을 위해 불필요한 몇 개의 손가락을 포장해 보냅니다 엄마는 그걸 가난한 마음이라고 불러요

공장의 내장은 온통 회전하는 습성 우리는 작은 우주에 살고 있고 나는 이곳이 마지막 우주이길 간절히 기도해요 인형의 눈이 나를 보고 감독관의 눈이 나를 보고 공장의 모든 구석마다 거미보다 많은 눈이 살아 움직입니다 이 작은 공장도 어찌하지 못하는 내가 싫어져서

쾅- 쾅-
지구를 밟아댑니다

발자국보다 먼저 엄마의 우는 얼굴이 찍혀 나옵니다 아끼는 옷을 숨겨두던 버릇이 공장에 갇혀 말라가고 멀리서 자살을 꿈꾸던 새들이 부러진 가지를 물고 돌아옵니다 태생이 가녀린 관성은 이다지도 바쁘게 앓는 중입니다

무엇을 만드는지, 왜 만들어지는지 우리는 서로 모르는 것투성입니다 이런 낯선 감각이 언니를 데려간 걸까요

　고개를 돌려 컨베이어벨트의 끝을 볼 때마다 완성된 인형이 나를 보고 웃습니다 나도 따라 웃다가 이내 고개를 돌립니다 죽은지도 산지도 모르는 것들을 오래 쳐다보면 귀신이 들린다고, 마루 밑에 숨어 죽은 할머니가 그랬거든요

　그렇지만 나는 자꾸만 어디론가
　살아 있고 싶습니다

　북쪽으로 갈까요 자매가 남북으로 흩어지면 엄마는 아마 갈라져버릴 거예요 그런 생각을 하면서 나는 몰래 고개를 듭니다 오래된 사람 하나가 누운 모습으로 하늘에는 앙상한 철근이 빼곡합니다

　공장 문을 나서면 아무도 모르는 밤이겠지요 날개가 다 뜯겨나가겠지만 철근을 넘어 북쪽을 향해 걸으면서 나를 아는 사람들을 오래오래 지울 생각입니다 내내 쥐고 있던 촛불이 어는 곳까지 언니의 눈물 대신 촛농이 펑펑 내리는 곳까지

로드킬

바니는 말을 잘 듣고 자주 배를 뒤집습니다. 바니, 그건 먹는 게 아니야. 바니는 귀를 뒤로 젖히고 배를 깝니다.

저녁 시간을 조금 지나서 들어온 아빠가 종일 모아온 욕설을 거실에 토해냅니다. 개 같은 노루 새끼 재수가 없으려니 원. 나는 방문을 살짝 열고 피 냄새를 맡습니다. 오늘은 좋은 고기가 온 것 같아요. 트렁크, 아빠는 차 열쇠를 집어던지고 욕실에 들어갑니다.

이것 좀 도와주렴, 마당에 나간 엄마가 이층 창문을 보며 말합니다. 바니, 앉아. 가만히 있어. 바니는 꼬리를 흔들고 혀를 조금 내밀며 바닥에 엉덩이를 붙입니다.
트렁크를 열고 엄마는 죽은 새끼 노루의 머리를 들어올립니다. 다리를 잡고 하나 둘 셋 하면 드는 거야. 잘할 수 있지? 나는 열심히 고개를 끄덕입니다.

부엌에 불이 켜지고 욕실에서 나온 아빠가 소파에 걸터앉아 티브이를 켭니다. 거실은 온갖 사고와 쏟아진 피로 북적입니다. 사람이 사람을 죽이다니 정말이지 있을 수 없는 일이군, 나는 소파 밑에 쪼그려 바니의 배를 긁어줍니다. 바니, 지금부터는 짖지 않는 거야. 이층에 올라가서 아무도 모르게 숨어 있는 거야. 식사가 모두 끝날 때까지. 잘할 수 있지? 바니는 혀를 내밀고 말을 잘 듣습니다.

엄마는 노루를 자르고 아빠는 포도주를 꺼냅니다. 부딪혀 죽은 동물은 맛이 없을까봐 아빠는 걱정합니다. 엄마는 매연을 마신 동물은 건강에 좋지 않을 것 같다고,

괜찮아? 괜찮겠어?

아빠가 잔을 듭니다. 엄마랑 나도 따라 잔을 듭니다. 노루의 피보다 진한 저녁이 투명한 유리잔 안에서 찰랑거립니다. 핏물이 번졌다가 사라지기를 반복합니다. 기포가 노루의 사체처럼 계속해서 터집니다. 가족의 식사를 축복하는 폭죽소리가 들립니다. 눈을 감고 귀를 막는 건 식사 예절에 어긋나는 일.

희고 둥근 접시에서 노루맛이 납니다. 더 줄까? 한 조각을 먹으면 다음 조각이 생겨납니다. 희고 둥글고 아무것도 없는 접시에 계속해서 잘린 노루가 생겨나는 동안
나는 이층에 있을 바니를 떠올립니다. 빈 밥그릇을 핥고 있을 바니. 시키면 시키는 대로 하는 바니. 아무리 화를 내도 머리를 쓰다듬으면 꼬리를 흔드는 바니. 이 식사가 영원히 끝나지 않아도 바니는 짖지 않을 테지만,
맛있니?
나는 자꾸 식도를 비집고 들어오는 노루 때문에 고개만 끄

덕입니다. 씹으면 씹을수록 노루의 피가 목구멍을 꿀렁꿀렁 ——
넘어가 짖지도 말하지도 못합니다.

 더 줄까?

 고개를 끄덕이다보면 모든 게 잘되겠죠. 저녁이 무사히
끝날 것이고 나는 오늘도 착한 아이로 살아남을 테며 노루
도 금방 소화될 겁니다.

 빈 밥그릇을 핥다 잠든 바니.

 불쌍한 바니 옆에서 나는 악몽을 꿉니다.

 거대한 노루가 무섭게 달려오는 꿈. 노루를 보고 바니가
꼬리를 흔드는 꿈. 노루의 우악스러운 앞발이 식도를 지나
위장을 헤집는 꿈. 소리지르면 아빠가 깰까봐 입을 틀어막
은 채 간신히 깨어나는……

 이 장면은 꿈이 아니겠지요.

 바니가 나를 보고 짖습니다. 허락도 없이. 나는 이도 저도
못하고 고개만 좌우로 젓습니다. 아빠가 깨면 어떡하죠. 막
은 손을 떼면 다 자란 노루가 튀어나올 것만 같은데,

빈 저택

아이 하나
아이 둘

아무도 아이 세기를 말리지 않는다

아이들은 종종 셋과
넷으로
불어날 줄도 알고

내가 생김새를 헷갈려 처음부터 다시 세거나
순서를 바꿔 불러도 불평하지 않는다

거실이 넓은 저택에는
아이의 수만큼 높지만
작은 창이 있고

나는 정시마다 순차적으로 아이를 들어올려
바깥을 보여준다

아이가 주의깊게
바라보지 않아도

크게 점프를 하거나

아주 큰 소음이 나도

집이 늘어나지는 않는다

호명과 동시에 멈춘 아이
아직 호명되지 않은 아이

내가 아이 세는 일에 급급하여
간혹 아이 하나가 창밖을 오래 골몰하면

바깥에서 호명소리를 듣던 아이의 보호자들이 달려와
겉옷을 벗어 창을 가린다

똑바로 하세요
맡은 바 일을요

나의 일은
정확하게 셈하고
불분명하게 기억하며
아무것도 이해하지 않는 일
아무것도 의아해하지 않는

빈 유리병의 일

창을 가린 짐승의 가죽 사이로
희미하게 여과되는 빛
굴러떨어져도
깨지는 소리 없이 고요한
바닥의 무늬

산란과 열광 없이
저렇게 선연한 빛은 처음 보는 것 같다고

나는 생각하고 동시에
자꾸만 빛을 빼앗기고

멈춘 아이들이 움직여
아이는 하나부터 다시 시작된다

거실에서 복도로
복도에서 안방으로
유리병을 뛰어넘는 아이들

사라졌다 금세 커진 채로 돌아오는
다각도의 빛과
그림자

아이 하나가 실수로
나를 부수는

상상을 한다

우글거리는 아이들
불어나지 않는 창

짐승의 가죽이 모든 창을 막아버리는
미래가 도착하지 않길 바라는

빈 저택의

유리병 하나

유리병 둘

아무렇게나 지은 집

이곳은 창이 하나뿐인 방이다 너와 나는 다른 말을 하지
만 하나의 공간은 하나의 집으로 분류된다

우리는 이곳에서 같이 산다
미안하거나 사랑할 때만 말을 한다

이곳의 역사는 길지 않다
이곳은 비좁아 건물의 외벽과 출입문을 제하고는 눈에 띄
지 않는다

완공일이 적혀 있던 블록은 수도관 공사 때 방향을 틀던
포클레인에 의해 부서졌다
집주인은 항의를 통해 약간의 위로금을 받아냈지만 블록
을 보수하진 않았다
완공일이 사라진다

그날은 누가 태어났거나 누가 죽은 날이겠죠
집주인은 세입자에게 그렇게 설명한다
몇 년 안 됐어요

그래도
이 동네는 집이 잘 팔린다
간절한 사람들을 위해 아무 방이나 만들고 어떤 사람이라

도 받아주지만
  아무도 잘못이라고 여기지는 않는다

  이곳은 볕이 잘 들지 않는다 시스템을 제정해 가림막을 설
치했기 때문이다 이곳의 반대편에는 이곳과 같은 창 하나
의 방이 있고 그 너머에도 창 하나의 방이 있다 무수히 나
열된 창 아래 블록처럼 흐릿해진 사람들이 타인의 눈에 띄
지 않고 살아간다

  우리에게 결핍된 건 사랑과 밥이다 우리는 우리를 명명하
지 못한다 창밖으로 손을 내밀어 다른 창에서 부서져 흐르
는 것을 받아내 조립할 뿐이다 방안에 배치된 우리는 안락
함을 느낀다

  우리는 외출할 때마다 건물 외벽을 돌면서 낙서를 찾는다
  빛이 잘 드는 구도 아래에서 서로 사진을 찍어준다

  집이 죽지 않아서
  사람과 낙서가 죽는다

  집주인은 민원을 받고 낙서를 지운다
  누가 죽었거나 누가 태어났을 수도 있는 날에
  우리가 발견한 낙서를 지우며 안부 인사를 건넨다

너와 나는 힘껏 팔짱을 낀다
도려내는 것 말고는 방법이 없는 악성 세포처럼
핏줄을 꺼내 서로를 묶고
단단해진다

사람을 버린 집
이것은 이상하고
사람이 버린 집
이것은 이상하지 않다

집이 계속해서 아무렇게나 지어지는데
집에서 도망친 사람들이 길거리에 나와 떨고 있는데

우리는 어떻게 되는 걸까 아니
싸우고 있는 사람들 틈에 껴
어깨를 맞대고 따뜻해지기를 기다리는 나는 이제
뭘 할 수 있을까

미안하거나 사랑하지 않아서
사람들이 사과하지 않는다

역할극

엄마는 뭐하고 지내냐고 묻는다 엄마는 잘 쓰고 있냐고 묻는다 엄마는 희망적인 이야기를 짧고 쉽게 쓰라고 말한다 엄마는 우울한 시에 관한 어떤 교수의 비판을 전한다 나는 알아서 하겠다고 말한다

엄마는 멋쩍게 웃으면서 건강과 행복이 최우선이라고 말한다 엄마는 집에 언제 내려오냐고 묻는다 매형의 생일과 큰삼촌의 환갑처럼 굵고 그럴듯한 일정을 골라 보여준다 엄마는 뭘 먹었냐고 묻는다 나는 배달을 시켜서 대충 먹었지만 엄마가 보내준 어떤 걸 먹었다고 혹은 집 앞 마트에서 이것저것 사 해먹었다고 말한다 엄마는 쌀이 떨어지지 않았냐고 묻는다 나는 햇반을 사서 먹는 게 더 낫다고 말한다

엄마는 다시 건강을 말하고 나는 다시 열심히 산다고 말하고
우리는 사랑한다는 말을 못하는 오래된 연인 같고

엄마는 그쯤에서 거실에 누워 있던 아빠를 바꿔준다 나는 긍정도 부정도 하지 않고 무슨 말을 해야 아빠와의 전화가 자연스러울지 고민한다 나는 했던 말을 조금씩 변주한다
아빠는 낚시 한번 가자고 말한다 나는 좋다고 말한다 우리는 한 번도 같이 낚시를 가본 적 없다 아빠가 혼자 선글라스와 챙모자를 쓰고 가서 잡아 온 물고기를 같이 먹은 적은 있다

아빠는 일을 쉬고 있다 아빠는 새 자격증을 준비하고 있다
아빠는 엄마한테 일찍 전화를 돌려준다

엄마는 아무튼 건강을
나는 쓰지도 않던 글을

누군가 사랑한다고 말하면 끝날 대화가
영원히 끝나지 않는다

우리는 사랑을 위해 꾸려진 프로젝트 그룹 같다

대출 이자 문자를 받는다
썼던 시를 다시 본다

노트북을 덮고 침대에 누우면
아침이 온다
엄마가 좋아하는 북향의 햇볕이
넘치도록 들어온다

미안한 일은 계속 미안해진다

우리가 늙으면
먼저 자란 미안이 죽어버리겠지

그때는 별일 없어도
만날 수 있다

암막 커튼

억울하게 죽은 사람들이 베란다에 모여 있다

양파는 억울을 먹고 자란다 나는 저녁용 찌개를 위해 양
파를 집는다 도마 위에서 잘린 양파의 단면으로 눈물이 떨
어진다
그것이 양파의 최선

억울한 사람들이 문을 두드린다
문의 이름은 당기시오

간혹 과열된 소문이 베란다 밑으로 떨어진다 누가 죽어도
이상하지 않은 저녁이
부엌에서 맛있게 끓여지고 있고
냄새가 난다 죽은 양파 냄새가

나는 도무지 화목한 식탁을 이해할 수 없어서 커튼을 쳤
다 베란다에는 여전히 억울한 사람들이 죽어 있는데 아무도
밥을 먹을 때 어두운 곳을 쳐다보지 않았다

식사가 멈추고 나는 밥그릇에 붙은 몇 개의 밥알과 섞이
지 않는 양파 꼬다리를 싱크대에 버렸다

배수구로 흘러들어간 사람들이 또다른 양파를 만나면

우리가 그들을 최대한 불쌍하지 않게 바라보았다고
어두운 저녁에도 밝은 음식을 먹고 있었다고

말해주길 기도했다
이 불온한 식탁에서 죄책감이 자라지 않도록

커튼을 치면 아침이 온다
아침의 이름은 미시오

이제 나는 베란다에서 걱정을 키운다
걱정은 누가 대신 먹지 않을 거라는 확신이 들어서

유대감

운동이 다 끝나면 우리는 더이상 같이 있을 이유가 없었
다 저녁이 오면 집이 있는 아이들은 초조해지기 마련이니까
집안의 누구도 아이를 반기지 않겠지만 그건 약속이다 어른
들의 약속은 화를 참는 것

그래도 걸었지 운동을 조금 줄이더라도

너희 아버지가 실직하지만 않았어도 나는 너와 같이 다니
지 않았을 거다 나는 어제도 페인트가 벗겨진 나무의자로
수차례나 맞았기 때문에
상처를 보여주지는 않았다 생각보다 튼튼하게 자라서 멍
이 금방 가셨지 아버지가 생각보다 살살 내리쳤던 걸까

나란히 걷기 위해서 우리는 조금 더 불행해야 했다

아버지는 최선을 다했어 나도 최선을 다해 맞았고

우리가 흉터까지 걷어볼 사이가 아니라는 건 다행이었지
만 더 친해진다면, 다음과 그다음의 멍을
그리고 죽어도 보여줄 수 없는 부위를 찾아야 한다면

그래도 우리는 매일 만났다 약속된 저녁을 먹고 소화를
허락받으며

평온한 가정이 지속되면 의심이 들까봐 우리는 자주 굶
었다고 말했다

너희 아버지가 참지 못하고 티브이를 부순 덕에 너는 억
지로 거실에 모일 필요가 없어졌고
내친김에 다친 팔도 보여주었다 밴드도 없는 길고 선명한
빨간 줄을 보고도
나는 내내 듣기만 했다 빨라지는 걸음을 신경쓰면서 억
지로 재채기를 하고 환절기마다 앓는 비염에 관해 말한 게
전부였지

동시에 출발한 가정이 동시에 도착하지 않아서
우리는 지루해졌다

거실에 모일 이유가 없어진 너는 거실이 없는 집으로 이
사를 갔다

나는 거실에 앉아
술 취한 아버지가 사 온 치킨을 먹는다

다 같이 거실에 모여 뭘 먹는 동안 단단한 새 의자가 생겼
고 커다란 티브이가 생겼고 좋아하는 드라마가 생겼다

글램핑

믿을 수 없는 걸 지켜내야 한다면
차라리 사라졌으면 좋겠다

비밀번호를 여러 번 틀리는 동안 현관에는 가족들이 모
여 있고

버스가 막혔는지 밥은 먹고 왔는지
성실하고 솔직한 진술을 다 듣고 나면
가족은 다시 가족의 일을 한다

나는 소파에 앉아 가족을 지켜본다

밥 먹어야지
배가 고프진 않아요

때가 되면 가족은 식탁에 모인다
수저를 놓고 냉장고를 열어 반찬으로 추정되는 것들을 꺼
내려다
그거 아니야
다시 넣는다

아빠는 빠르게 밥알을 씹고 엄마는 자꾸 냉장고를 열었
다 닫고 나는 반찬을 하나씩 다 먹어보고 하나씩 다 맛있

다 말하고

식사가 끝나면 소파에서 일어난 아빠가 설거지를 한다
제가 할게요
놔둬

씨가 보일 만큼 말라비틀어진 과일이 소파에 놓여 있다

나는 이것이 가족의 일인지
가족이 미처 하지 못한 일인지 고민하다가

내 방에 들어가 책장을 뒤지거나 서랍을 열어본다
고즈넉이 쌓인 먼지를 쓸어내리면 목제 가구가 처음 보는
무늬를 드러낸다

이런 게 있었나

산책을 하고 미래를 지어내고
다시 거실에 모여 과일을 먹는 일

코가 가려우면 코를 막고
혀가 가려우면 혀를 깨물면서

이런 걸 사랑이라고 생각하지 않으면서

문고리를 살살 돌려 방문을 닫는다

재채기를 삼킨다

정물화

구도
잃어버린 도끼를 들고 아비는 돌아왔어
쾅 하면
하나의 문이 닫히고 이어서

쾅

떨어진다

이렇게 많은 문이 다 부서지려면 아주 큰 소리가 날 거야
도저히 돌아보지 않을 수 없는

그렇게 믿고 눈을 감았다

스케치
기억나? 작은 방 사건 방문이 열리지 않아서 온통 난리가
났었지 모두 작은 방 앞에 모여 단단한 작은 방을 위해 기도
했어 작은 방이 갈수록 더 작아지게 해달라고

바깥에는 둘이나 있었어

채색
내가 아는 아비는 이미 죽었는데 아직도 밤마다 누가 문을

— 두드려 그만 좀 해 그만 좀 해주세요 나는 베란다 난간에 매
달려 애원했지만 죽은 사람들에겐 들리지 않았지

　　아비는 끝도 없이 살아났어
　　도끼를 쥐고 내리치면서

　　가만히 있어
　　가만히만 있으면

정물
멈춘 화분 멈춘 문 멈춘 난간 멈춘 거울 멈춘 너와 내가

모든 걸 보고 있었다

쿵

하나님

쿵

씨발 누구라도

쿵

—

문 앞에 서서 아비의 발 모양대로 패인 자국을 볼 때면

허벅지를 꼬집으며 죽은 것들을 생각한다

아비
아비

이불을 뒤집어쓰고 부르면
이상하게 낯설어지는

농담
죽은 아비라는 건 고작 작은 가루가 되었고 나는 그게 이
상하리만치 슬펐다
내가 저런 거에 당했다니
말하고 주저앉은 게
평생을 비벼도 사라지지 않을 줄 알았던 멍자국이 아비를
따라 작아지고 있다는 게

완성
종종 생각난다
눈을 감으면 적어도
감당할 수 없는 일은 벌어지지 않을 거라는 말이

체득

—　새로 온 학교는 우리가 자주 가던 폐공장 같아 주먹이 오가고 깨진 유리가 많지
나란히 걷지 않아도 몇 번 부딪히고 뒹굴면 구구절절한 이야기 같은 건 필요 없어

여기서는
내가 어느 정도 의미 있다는 소리야

우리는 모래처럼 자주 뭉치고 뒹굴어 매일 학교를 쌔고 불 꺼진 마을을 거닐며 어른을 관찰해 어른을 다 배우면 어른 같은 건 필요 없을 테니까 매일 벌어진 상처에 불이 붙을 때까지 성냥을 분지르고

밝고 환한 어른이 되자 하루빨리 이곳을 탈출하자
작고 가벼운 우리를 더 잘게 부숴 타지 않는 연습

우리의 유일한 슬픔은 우리를 찾는 사람이 없다는 것뿐이야

아무튼 이제 편지 같은 건 쓰지 마 거실만 남은 집에 그런 걸 보관할 여유는 없어
검은 재와 검은 바닥이 동네를 반쯤 메웠을 때 우리는 드디어 이해했거든

우리가 아버지를 욕한 이유 찡그린 표정으로 거실에 모여 ⎯
앉아 있었던 이유를

요즘도 환절기마다 아파?

해설

돌아오기 위한 돌아섬
성현아(문학평론가)

1. 돌아가다

세계는 언제나 잘 돌아간다. 류휘석의 시 속에서도 역시 그러하다. 그런데 그의 시에서, 세계의 돌아감은 제대로 된 '운용'이라기보다는 습관적이고 규칙적인 '재생(play back)'에 가깝다. 무한한 되풀이 자체를 목적으로 삼는 이 세계의 형식을 복사하듯, 그는 반복적으로 세계의 헛돎을 묘사한다. 세계의 속도에 보조를 맞추기 위해 팽개쳐진 마음들, 구심력에서 멀어지다 버려지는 존재들, 가장자리에서 버티다 마모되고 부서지는 '나'들을 표면적으로나마 되살려놓으며, 세계는 오늘도 재생된다.

거대한 건물이 무너지고 있었다
사람들은 도망치고 있었다
나는 그 광경이 아름다워 가만히 보고 있었다

어깨를 스치는 사람 소매를 잡아끄는 사람
산책로의 빛처럼 부딪혀 사라지는 사람들

몇 군데 내어주고 나니
이제야 이곳에 어울리는 몸이 된 것 같아 기뻤다

재로 기워낸 마음을 들고

돌아서려는데

건물이 재생되고 있었다
사람들이 돌아오고 있었다

—「재생」 전문

'나'는 "건물"의 무너짐과 "사람들"의 달아남을 목도하
며, 그것을 아름답다 느낀다. 세계의 붕괴를, 정확히는 이
세계를 착실히 떠받치는 일상이 멈추기를 누구보다 바라왔
던 존재이기 때문일 테다. "기워낸 마음"을 들고서 '나'는
드디어 "돌아서려" 하지만, "건물"은 다시 "재생"되고 도망
쳤던 "사람들"은 돌아온다. 화자가 가까스로 붙들고 있는
"마음"이 수차례 찢어졌던 것으로 보인다는 점과 이를 봉합
하는 데 쓰인 재료가 바스러지고 말 "재"라는 점이 '나' 또한
"이곳"으로부터 돌아서지 못하리라는 것을 암시하고 있다.
수미상관의 구조 속에서 무너짐-재생(再生)/도망침-돌
아옴은 짝패를 이루어 되풀이된다. 이는 자연스러운 순환이
라기보다는, 조작적이고 강박적인 반복이자 그로 인해 세워
진 법칙에 가깝다. 세계의 질서를 압축적으로 제시하는 시
는 도시괴담처럼 음산한 느낌을 자아내면서도 대다수가 경
험하는 반복적인 일상을 되비춘다는 점에서 낯설지 않게 느
껴진다. "이곳에 어울리는 몸"이 되기 위해서는 매번 이 절
차를 반복해야 할 것 같은 불길한 예감을 남기고 시는 끝이

난다. 류휘석은 '재생'이라는 제목을 통해 시적 정황이 계속 반복 연주될 악보와 같음을 내비친다. "매일 죽는 연습을 하고 아침에 다시 태어나"야 하는 이 세계의 규칙 속에서 낮과 밤은 되풀이되고, 도시는 끝나지 않는다(「우리가 상상했던 저녁은 옥상에 없겠지만」).

이러한 도시이자 세계가 원활히 가동되기 위해 필요한 것은 구성원들의 주체성이나 자발적인 의지가 아니라, 텅 비었지만 건강한 신체다. 아감벤에 따르면, 메트로폴리스는 철저한 배제와 치밀한 감시를 동시에 진행하는 모순을 보이는데, 이때 배제되는 것은 인격적 주체이며, 감시당하는 것은 생체 정보들이다. 아감벤은 "인체측정학 척도와 얼굴 사진을 기반으로 한 범죄자 인식 시스템"(이후 '베르티옹 체계(Bertillonage)'로 알려진)과 같은 경찰 수사 기법의 발전이 정체성 개념의 전환을 불러왔다고 설명한다.* 범죄자들의 신원 확인에 활용되었던 인체측정학 기술은 20세기 이후 모든 시민을 대상으로 확장되었고 그로 인해 정체성은 타자의 인정을 필요로 하며 개성과 인격을 아우르는 사회적 페르소나와 무관해진 채, 생물학적 데이터로서의 기능만을 지니게 된다.** 이때 인간은 자신의 정체성에 관여할 수 없는 "벌거벗은 생명으로 환원"***되고 만다. 따라서 '나'의 수치

* 조르조 아감벤, 『벌거벗음』, 김영훈 옮김, 인간사랑, 2014, 83~84쪽.
** 같은 책, 80~87쪽.

화된 정보, 즉 '나'를 구성하지만 '나'가 통제할 수 없어 철저히 '나'를 소외시키는 신체 기록이 살아 있다면 '나'는 살아 있는 것으로 치부된다.

류휘석이 "건강한 사람이 되려고// 지방 탄수화물 단백질/ 꼬박/ 꼬박 먹"으면서도, "미래에는 사람 대신 건강만 남을 것"(「생존 게임」)이라고 점치는 것은 '나'의 지속과 사라짐이 동시에 진행되고 있다는 잔인한 모순을 명확히 인식하고 있기 때문일 테다. 그는 인격과 괴리된 생체 정보만이 지속되는 사회에서의 생존을 "매일 심장을 냉장고로 갈아 끼우며 썩지 않고 살아남"는 일로 형상화한다. 심장을 대체한 냉장고는 내용물을 보존할 수는 있어도 되살려낼 수는 없는 기계다. "식어버린 냉장고에는 상한 마음만 가득"(「동아리」)차 있는데, 이는 재생(revive)시킬 수 없는 썩어버린 마음을 가둔 채 텅 빈 신체만 연명해나가는 현대인을 되비춘다.

공장에서 찍어낸 점선처럼
밤과 낮이 멋대로 반복되는 동안

선물받은 식물이 죽었다

*** 같은 책, 88쪽.

—

—   (……)

도마 위에 살아 숨쉬는 순두부를 올려놓고
가운데 그어진 절취선을 본다

선을 따라가면 이유 같은 건 쉽게 명확해지는데

살아 있는 몸이 튀어나와 폭발할 것만 같다

나는 가만히 멈춰 칼을 쥔 손과 죽은 식물을 번갈아 본다

빈 이름표가 보인다

침대에 누워
여러 겹의 몸에 쌓인 여러 겹의 악몽을 생각하다가

방치된 두부를 떠올린다
살아 있을까

이불을 머리끝까지 뒤집어쓴다

모두 잠드는 이곳에서 왜 죽고 사는 문제가 시작되는
걸까

—

이불에 아직 문제가 남아 있는데
누군가 허락도 없이 재생 버튼을 누른다

죽은 식물을 들어내고
화병을 닦고
다시
순두부를 사러 나가는

나는 이 연습을 오래 해왔다

냉장고 신선 칸을 열어
두부 꺼냈던 자리에 식물을 채워넣는다

싱그러워 보인다

—「Zoombːe」 부분

　삶의 질에 대한 고려 없이 그 기간만을 늘려 생명을 연장
하는 것은 좀비가 되는 일과 같다. 류휘석은 'Zombie(좀
비)'의 본래 철자인 'i'를 'ː'로 변주하는데, 이는 "공장에서
찍어낸 점선"처럼 반복되는 "밤과 낮"을 형상화한 것으로
도, 죽은 것도 다시 살려내 이 세계의 재생에 참여하게 만드
는 폭압적인 도돌이표의 일부분으로도 보인다. "두부 꺼냈

던 자리에 식물을 채워넣는" 일은 "살아 숨쉬"지만 죽을 것 (혹은 죽여야 할 것)을 드러낸 빈자리를 이미 죽은 것으로 대체하는 과정이다. '나'는 "죽은 식물을 들어내"거나 "살아 숨쉬는 순두부"를 칼로 자르는 일상생활 속에서도 "죽고 사는 문제"를 떠올리며 주저하지만, '나'의 "허락" 없이도 "재생 버튼"은 눌리고 만다. 따라서 죽음의 그림자가 드리운 삶과는 상반되게, 냉장고에 담긴 죽은 식물과 이 모든 삶의 "연습"은 "싱그러워 보인다". 때문에 이 좀비(Zombie)적인 삶은 외부의 눈('o')을 더해 살피지 않으면, 즉 제목에 쓰인 단어처럼 'Zoom'하여 들여다보지 않으면, 잘 발견되지 않는다.

이는 상한 마음을 냉장고에 넣어 생기 있는 것처럼 가장하는 과정과 연결된다. 그러므로 거짓된 싱그러움을 연명하는 '냉장고(심장)'만이 "구원"(「동아리」)이라는 말은, 이 비극적인 세계의 지속이 얼마나 무의미한지를 단적으로 드러낸다. 이때의 '구원'은 '위험에서 구해짐(救援)'보다 '영원하고 무궁함(久遠)'의 의미에 가까워 보인다. 이 상태가 무섭도록 오래 지속될 것임을 류휘석의 시는 경고하고 있다.

끈질기게 가동되는 세계의 질서는 개인의 내면과 일상에까지 침투하여 영향을 끼친다.

내겐 매일 허들을 넘다 실패하는 광대들이 살아요

불필요한 기념일이 빼곡한 달력
숨쉴 날이 없어요
나 대신 종이에 누워 숨쉬는 사람들
밤이 되면 광대는 잠을 자고 나는 일어납니다

나는 허들을 치우고 부서진 광대들을 주워 종이 상자에
집어넣습니다

그늘을 뿌리는 거대한 인공 나무
물을 줘요 잘 자라서 더 크고 뾰족한 허들을 만들어내렴

그렇지만 모든 게 나보다 커져서는 안 돼

광대들은 일도 하지 않고 아침마다 이불을 걷어냅니다
나는 토스트처럼 튀어올라 침실을 접어 내던져요 나를 어
지럽히는 벽시계와 발목에 생긴 작은 구멍들이 사라지지
않고 계속 커집니다

방이 비좁아서 나는 밖에 있습니다 밖이 끝나면 집에 돌
아가 상자를 만들어야 합니다 재사용 종이는 거칠고 단단
해서 반성에 알맞습니다
천장에 붙어 기웃거리는 가녀리고 얇은 나의 광대들
반성이 시작된 집은 무덤냄새가 나는 요람 같아요

나는 탄생부터 기워온 주머니를 뒤집습니다 바닥은 먼
지로 가득찹니다
　도무지 채워지질 않는 상자 좀처럼 변하지 않는 실패
와 실종

　내가 죽으면 광대들은 허들을 넘을까요
　궁금해서 죽지도 못합니다
　　　　　　　　　　　　　　　　　　　—「랜덤박스」전문

　첫 문장에 제시된, '나'의 안에 사는 "허들을 넘다 실패하
는 광대들"을 살펴보자. 이때 '허들'은 허들 레이스(hurdle
race)에 쓰이는 장애물로 읽히지만, '허(虛)'의 복수형인
허'들'로도 읽어볼 수 있다. 구태여 마련한 장애물이든 공
허이든, 광대들이 이를 넘는 행위는 부질없고 우스꽝스럽게
느껴진다. 때문에 허구적 구축물을 넘어야 하는 날들은 중
요한 "기념일"로 달력에 빼곡히 기록되어 있음에도 "불필
요한" 것들이다. '나'와 내 속의 광대들은 "숨쉴 날" 없이 무
의미한 노동에 시달린다.
　변화하는 것은 단 세 개, 허들을 생산하고 그늘을 뿌리는
"거대한 인공 나무"와 "벽시계" 그리고 '나'의 "발목에 생
긴 작은 구멍들"이다. 이들은 모두 크기가 자란다는 공통점
을 가진다. 자라나는 나무로 인해 넘어야 하는 허들은 더욱

커져, 노동의 강도는 세지고, 신속하게 일하라고 보채는 시계 또한 점점 더 커다래져 '나'를 죄어올 것이다. 이들과 함께 자라나는 발목의 구멍들은 '나'라는 인격체를 비워내도록 하여 '나'를 더욱 허무한 존재로 만들어버리는 매개체다. 그런데도 '나'는 이 세계의 질서에 저항할 수 없다. 내 노동의 원천이 "반성"이기 때문이다. 착취하는 자도 착취당하는 자도 자신이도록 만드는 신자유주의적 성과사회의 메커니즘은 자기 착취를 부추기는 구조로 인해 생겨난 육체적·정신적 고통 역시 개인이 해결해야 할 문제로 사유하게 만든다.* 이때, 개개인이 활용할 수 있는 방식은 자기비판과 자기혐오, 자기반성뿐이다. 분노의 화살을 자기 자신에게 돌리도록 만드는 시스템은 어떠한 책임도 지지 않는다. 결국 '나'의 허무감과 피로감은 '나'라는 존재 안에서 순환되며 외부로 뻗어나가지 못하게 된다. 따라서 "반성이 시작된 집"은 죽음에 가까운 냄새를 뿜지만, "요람"처럼 계속 죽은 '나'를 살려내어 내일의 노동자를 생산한다. 같은 맥락에서 "상자"가 "도무지 채워지질 않는" 것은 부서진 광대가 계속

---

* 한병철, 『고통 없는 사회』, 이재영 옮김, 김영사, 2021, 22쪽 참조. "신자유주의적 행복장치는 우리를 영혼의 내면관찰로 이끎으로써 현존하는 지배연관에 대한 우리의 관심을 잠재운다. 모두가 사회적 상황을 비판적으로 파고드는 대신 그저 자기 자신에 대해서만, 자신의 심리에 대해서만 관심을 갖도록 이끈다. 사회가 책임을 져야할 고통이 사적이고 심리적인 문제로 간주된다."

살아나서 허들을 넘기 때문일 것이다. "죽지도 못하는" '나'에게, 어제와 오늘을 복제한 것 같은 미래는 계속해서 도착하고(「루틴」), 이것은 류휘석의 다른 시 제목들처럼 '사이클'이자 '루틴'이 되어버린다.

2. 돌려놓다

주목할 점은 아이러니하게도 류휘석의 시적 화자가 세계와 맞물려 적절히 돌아가게 된, 구조에 착실히 복무할 수 있도록 최적화된 때에 그곳으로부터 돌아서려 했다는 점이다. 세계에서 등돌림으로써 돌려놓을 것이 있다는 듯이.

빈 가방을 들고 돌아온 너와 술을 마셨다
지루하게 늘어진 서로의 얼굴이 테이블을 더럽혔다

자꾸 아픈 얘기를 해서 얼마나 벌고 얼마나 힘들고 그런
걸 말하게 돼서 시가 세상에서 제일 짧은 병명이 돼버려서
거기까지 말했을 때 나는 내가 제일 아프다고 말했다
그래서 너는 아직 쓰는구나 잘 몰라서 모르는 척에 능
해서

자리를 옮길까?

그래 여기까지만 하자

 우리는 계단 중간쯤에서 두고 온 신분증이 떠올랐다 여
기까지 오는 데 정말 오래 걸렸지 힘들기도 많이 힘들었
지만
 등뒤에는 난간을 붙잡고 기다리는 사람들이 많았다 비
키라고 이름이 없으면 돌아가라고 화가 난 채로 웅성거
렸다

 계단 끝에는 걱정스럽게 내려다보는 사람들이 있었다
다정하게 웃어주었다

 다음을 빼앗긴 우리는 집으로 돌아갔다

 (……)

 죽지 않을 만큼만 다음을 생각하는 우리가 멀리서 도착
하고 있었다

 있잖아 나 이제는 누가 죽어야 쓸 수 있을 것 같아
 뭘?
 그러니까
 다음에는 죽어서 만나자

(······)

아무런 마음도 없는 곳에 아무렇게나 흩어진 우리는
죽음으로 시작되는 가능성을 나열하며 시간이 빨리 지
나가버리길 바라고 있었다

이게 우리들의 문제다 화가 난 채로 시작하고 착해져서
돌아오는 얼굴이

(······)

사랑하는 것들이 빨리 죽어버렸으면 좋겠다
　　　　　　　　　　　　　　　　　　　　　　—「유기」 부분

　류휘석은 쓰는 사람을 자주 화자로 등장시킨다. '나'는 "세
상에서 제일 짧은 병명"이자 핑계가 되어주는 "시"를 들먹
이고, "내가 제일 아프다"며 자기 고통을 우선시하는 태도
를 보인다. "빈 가방"을 채우지 못하고 돌아온 듯한 '너'는
'나'가 "모르는 척"에 능하기 때문에 "쓰는" 행위를 계속할
수 있었다는 점을 상기시켜준다. 이는 자신의 고통에 더욱
골몰하고 있는 '나'가 '쓰기'를 지속할 수는 있어도, '작가'
일 수는 없다는 일침처럼도 들린다.

이후 "계단 중간쯤"까지 힘겹게 올라온 '너'와 '나'는 자신들을 증명해줄 유일한 수단인 "신분증"을 두고 온 상태이므로 "이름이 없으면 돌아가라"는 거절의 말을 듣게 된다. '우리'를 내려다보고 있는 "계단 끝"의 사람들은 우리를 "걱정"해주고 "다정하게 웃어"주며, 타자에게 자비를 베풀 기회 또한 선별적으로 주어진다는 점을 깨닫게 만든다. "다음"을 빼앗기고 우리는 "집으로 돌아"가게 되는데, 이때 "다음"은 특정 가게로 진입할 기회만을 지칭하지 않는다. 모든 미래이자 기회를 통칭하는 말로 들린다.

"죽지 않을 만큼만 다음"을 생각할 수 있는 '우리'는 "멀리서 도착하고 있었"는데, 이때의 도착은 '돌아옴'의 다른 말이다. 무엇이든 얻으러 나가보았다가 허탕을 치고 돌아오는 과정이 오래 반복되었기에, 근미래의 우리 또한 텅 비어 돌아오고 있을 것임을 지금도 확신할 수 있는 것이다. 아무런 개선책도 없는 우리에게 미래는 현재의 반복일 뿐이므로, 시간의 경과는 흐름으로 인식되지 않는다. 그러므로 우리는 "시간이 빨리 지나가버리길 바라"게 된다. "화가 난 채로" 더 나은 무엇을 찾아 나서도, 결국에는 순응하여 '착한' 얼굴로 회귀하는 우리에게 삶은 주체성이나 통제력을 지닐 수 없는 공간이다.

그러한 광경을 외면하여 가까스로 시를 쓸 수 있었던 '나'는 "이제는" 더는 그러한 방식으로 쓸 수 없음을 인정하며 "누가 죽어야", 즉 이 지긋지긋한 반복을 끊어내야 "쓸 수 있을 것 같"다고 예측한다. 그래서 '너'에게 "다음에는 죽어서 만나자"고 제안한다. 더불어 "사랑하는 것들"만큼은 이 세계의 규칙에서 벗어나 "죽음으로 시작되는 가능성"을 맞이할 수 있도록 빨리 죽어버리길 바란다. 류휘석이 죽어서라도 이 반복에서 탈주하려 하는 것은 그가 무한한 재생 속에서 생겨나는 실종을 당연한 희생이 아닌 슬픈 빈자리로 감각할 수 있는 존재이기 때문이다.

        영화는 생각보다 더 지루했다
        주인공이 울고
        이제 막 엔딩이 시작되려는데

        네가 화장실에 간다

        물소리와 함께
        장면이 멈추면

        나는 홀로 정지된 주인공의 슬픔을 마주하게 된다

        주인공은 정해진 만큼만 울기로 약속돼서
        멈춘 동안의 슬픔은 책임질 사람이 없고
                            —「원래 엔딩은 다 슬퍼」부분

영화가 재생되는 동안, "정해진 만큼" 우는 "주인공"의 슬픔은 수용되지만 영화를 잠깐 멈추었을 때, "홀로 정지된 주인공의 슬픔"은 누구도 책임지지 않는다. 그것은 무한히 재생되는 세계 속에서는 없는 것으로 간주해야 할 잉여의 감정이기 때문이다. 재생과 재생 사이에 끼어 있는 슬픔에 감응할 수밖에 없는 '나'는 세계의 재생에 익숙해질 수는 있어도 이를 수용하고 따를 수는 없는 존재다.

류휘석은 "실종된 이름"(「루틴」)들을 움켜쥔다. 빈자리를 통감하고 사라진 이들의 무사 귀환을 소원한다. 그들을 되찾기 위해서는 우선 세계의 반복이 끝나야 하는데, 이 무한 루프를 끝내는 방법은 한 번도 경험해본 적 없는 삶 바깥에만 있는 것으로 여겨진다. 그렇기에 시인은 죽음이라도 끌어오려는 게 아닐까. 죽는 연습과 거짓된 탄생의 되풀이가 아닌, 새로운 방식의 삶을 도모하기 위해서 그는 죽음을 소환해본다. 류휘석은 쓰면서 살아남기보다는, 무엇이든 죽이고 스스로도 죽어서 쓰는 행위를 지속할 수 없게 되더라도 세계를 멈추기를 희망한다. 쓰는 행위를 이어나가고 싶다는 마음을 버리고 진정으로 쓰는 사람, 즉 '작가'가 되는 방향을 택하는 것이다. '나'의 고통에만 골몰하며 세계의 운용 방식을 문제삼지 않으면, 모르는 체하며 계속 쓸 수 있다. 그러나 쓰는 자가 되려는 열망은 이와는 다른, 재생이 불가능할 정도로 완전히 붕괴되어 다시는 그 반복 안에 포섭되지 않고자 하는 강렬한 탈주로의 욕망이다.

엘리아스 카네티는 제2차세계대전이 발발하기 일주일 전에 한 무명작가가 남긴 "모든 것은 끝장이 났다. 내가 진정한 작가라면 전쟁을 저지할 수도 있었을 터인데"라는 기록을 인용하며, "어떠한 실패도 자기 스스로 속죄하려는 의지"를 지니고서 맹목적인 세계에 책임을 느끼는 자, 그리하여 변화의 가능성을 이야기하며 희망을 포기하지 않는 자만이 작가가 될 수 있다고 역설한다.* 그렇다면 작가란 절망의 세계에서 좌절할 수밖에 없는 자기 처지와 그로 인한 고통을 글로 드러내 보이는 사람이 아니다. 세계를 있는 그대로 답습하여 받아 쓰는 사람도 아니다. 모두가 이제는 손쓸 수 없다고 말하는 망가져버린 세계 속에서도 무엇이든 바꿔보려 애쓰며 변화를 만들 수 있다고, 마지막까지 남아 외치는 자다. 류휘석이 『우리 그때 말했던 거 있잖아』 전반에 반복적으로 새겨넣는 두 글자 "다시"는 실천적인 의지를 내포한다. '다시'는 이전 상태를 그대로 거듭한다는 뜻으로도 쓰이지만, '방법이나 방향을 고쳐서 새로이'라는 의미도 지닌다. 이때의 '다시'는 작은 변화라도 생성해보려는 투쟁이 된다. 가능성을 지니고 다시 돌아오기 위해, 류휘석은 돌아선다. 실종되고 비어버린 존재들을 돌려놓으려는 듯이.

---

* 엘리아스 카네티, 『말의 良心』, 반성완 옮김, 한길사, 1984, 335~345쪽.

3. 돌아다니다

그러나 죽기로 다짐한 것은 '나'일지언정, 계속 죽어나가는 것은 '나'가 아니다. 사라지거나 사라질 존재들은 유리(琉璃) 바깥에, '나'와는 유리(遊離)된 곳에 존재한다.

억울하게 죽은 사람들이 베란다에 모여 있다

양파는 억울을 먹고 자란다 나는 저녁용 찌개를 위해 양파를 집는다 도마 위에서 잘린 양파의 단면으로 눈물이 떨어진다
그것이 양파의 최선

억울한 사람들이 문을 두드린다
문의 이름은 당기시오

간혹 과열된 소문이 베란다 밑으로 떨어진다 누가 죽어도 이상하지 않은 저녁이
부엌에서 맛있게 끓여지고 있고
냄새가 난다 죽은 양파 냄새가

나는 도무지 화목한 식탁을 이해할 수 없어서 커튼을 쳤다 베란다에는 여전히 억울한 사람들이 죽어 있는데 아무

도 밥을 먹을 때 어두운 곳을 쳐다보지 않았다
—「암막 커튼」 부분

"누가 죽어도 이상하지 않은 저녁"은 경쟁사회의 불평등
한 구조 속에서는 누구라도 죽어나갈 수밖에 없다는 점을
환기한다. 그러나 이러한 구조를 바꿀 수 없다는 비합리적
인 믿음이 방관자들을 안온하게 지켜주고 있기에, 죽음이
가득한 저녁 식탁은 "화목"하고, 아무도 그 죽음과 억울함
을 들여다보려 하지 않는다. "베란다"의 존재들이 억울하게
죽임당한 사건은 내집단에게는 "문" 바깥의, 열어주지 않으
면 안으로 들어올 수 없는 '그들'의 일에 불과하다. "부엌"
에서 내다볼 수 있는 그들의 슬픔 또한 '암막 커튼'으로 손
쉽게 가릴 수 있다. 살아남으려는 '우리'가 방치하게 되는
그들과, 그들로 인해 견고해지는 우리는 서로를 관찰할 수
있지만, 서로에게 개입하지 않아도 좋을 거리에 놓여 철저
히 분리되어 있다.
　류휘석은 타자의 슬픔을 발견한다는 것이 곧장 타자를 구
조하는 행위로 이어질 수는 없다는 점을 지적한다. 대상을
연민하고 걱정하는 일 또한 대상을 소비하는 하나의 방식일
수 있음을, 그는 전시의 형식을 빌려 제시한다.

회랑1
이 사람 슬퍼 보여

182

검지로 턱을 받친 채
너는 결론짓는다
표정 없이

우리는 슬퍼 보이는 사람1을 지나친다

이 사람도 슬퍼 보여

(……)

요즘은 도슨트가 없어서 좋아 딱 이 정도의 슬픔이

너는 누가 민 것처럼 회랑 안쪽으로 빨려들어간다

흐느끼는 소리 점점 커지고

나는 더 슬퍼 보이는 사람1 앞에서 도록을 꺼낸다

회랑2
너른 창
산란하는 빛
다각도의 그림자

    아까 본 유리병 안에서 두 사람이 걷고 있다 속력 없이
그림자 없이
                 ―「부등호는 점점 작아지고 우리는」부분

  같지 않음을 나타내는 기호인 '부등호'는 비교에 쓰이는
것이지만, 이제 그 견줌 자체가 불필요해졌으므로 '작아진
다'. 방관의 다른 이름인 세련된 거리 두기가 우위를 점한 사
회에서, 도처에 널린 슬픔은 '나'와는 무관한 것이 된다. "타
죽은 새보다는 구워진 새"라는 표현이 "아무래도 죄책감이
덜"(「새 인형 공장」)하다는 이유로 용어를 변경하는 과정과
유사하다. 타자의 슬픔을 외면하는 태도는 이를 함부로 판
단하지 않는 윤리적 자세로까지 추켜세워진다. 따라서 "우
리"-관람자는 누군가 슬퍼하고 있어도, "슬퍼 보이는 사람
1을 지나친다". 타자는 "사람1"로 익명 처리되어 있기에 어
떤 감응도 일으킬 수 없고, 그의 슬픔은 관람하기 알맞은 형
식으로 제시될 뿐이다. "유리병 안"에 담긴 사람들이 슬퍼
해도, 유리병 바깥의 사람들은 슬퍼 보인다는 사실만 인식
한다. 슬퍼하는 사람에 대해 더 알 필요도 없고 이들의 고통
에 개입할 의무도 없는, 그로부터 철저히 분리된 관람자들
에게 타자의 슬픔은 불쾌감을 유발하지 않으면서도 적당한
우월감을 안겨주는 흥미로운 볼거리가 된다.
  그런데 류휘석은 이 과정을 약간 비틀어, 관람하는 '우리'

가 "유리병" 안에서 "걷고" 있을 가능성을 제시한다. 보는 우리와 보이는 우리, 유리 안의 우리와 유리 밖의 우리를 치환하여 우리의 슬픔 또한 같은 방식으로 소비될 것임을 암시한다. 시인은 이 선득한 자리바꿈을 활용하여, 우리의 안과 밖을 넘나들어본다. 나아가 우리의 흔적을 더 많이 발굴하고, 더욱 다양한 형식으로 존재하는 우리들을 발견하기 위해 돌아다닌다. 유랑하고 배회하며, 류휘석은 긍정적인 '우리'뿐 아니라 내부 균열을 지녀 깨지기 쉬운 '우리'와 누군가를 배제하는 데에만 활용되는 이기적인 결속인 '우리', 여러 중심을 지니고 도무지 결합할 줄 모르는 복수의 '우리들'까지 찾아 살핀다.

"가는 길에 비 피할 곳이 있을까요?"
지친 개를 안아든 주인이
흘러넘친 얼굴을 닦으며 말을 걸자

너는 개를 쳐다보기 시작한다
나는 네 손을 꼭 잡고

"글쎄요, 저희는 방금 막 시작해서요."

목줄이 길게 바닥을 긁으며 저녁을 죄다 끌고 가는 동안
그 틈으로 모인 짙고 어두운 빗물이 우리들의 발목을 세

게 말아쥐는 동안에도
　너는 개가 사라진 곳을 보며 움직이지 않았다

　아무도 우리를 울리지 않았는데
　공원은 넘치려 하고

　나는 가만히 네 손바닥을 어루만졌다
　단단하게 직조된
　가늘고 의미 없는 인간의 형상 같은 것을

"괜찮아?"

　움켜쥔 사랑을 마구 휘두르면서
　우리를 우리라고 함부로 부르는 것을

　(……)

　나는 손가락을 뻗어
　공원의 안전표지판을 가리켰다
　　　　　　　—「아무도 우리를 울리지 않고」 부분

　'나'가 "네 손을 꼭 잡"는 때는 제3자가 등장해 말을 건
넬 때다. 이때 '나'는 "저희"라는 겸사말로 '우리'를 지칭한

다. 제3의 인물이 개입할 때만, 비로소 그를 배제하기 위해서 '우리'라는 결속이 생겨난다는 듯이 말이다. 그러나 맞잡은 '너'의 손은 "가늘고 의미 없는 인간의 형상 같은 것"으로 느껴질 뿐이다. "움켜쥔 사랑을 마구" 휘두르거나 "우리를 우리라고 함부로" 불러도 넘치거나 넘치려고 하는 것은 "공원"과 모르는 이의 "얼굴"일 뿐, '우리'는 '나'와 '너'로는 가득 채울 수 없는 공허한 공간이 되어버린다. 이 빗나감 속에서 확인 가능한 것은 "공원의 안전표지판"을 통한, '우리'가 머무는 세계인 공원의 안전함뿐이다.

예배당 천장은 높고
닿을 수 없어 보였다

그애와 처음 미사를 보던 날 어쩌면 세례명을 지어줄 수 있겠구나 성당 사람들이 보는데도 나는 잡은 손을 놓지 않았다

그애는 미사 내내 천장과 기도하는 사람들을 번갈아 보았다

너희 신은 예쁜 물감을 좋아하나봐
보고 있으면 마음이 편해지는 그런 물감이

나에게도 있는지 그애는 물었고 대답도 하지 않았는데
독실한 내게 당연히 있을 거라고 믿었다

너희라는 말이 싫어서
그애 입을 손으로 틀어막고

하나님 이애를 사랑하지 않게 해주세요

검은 천이 내려앉은 밀실에서 천천히 신부님이 걸어나
왔다
나는 어쩐지 고개를 들 수 없었는데

오늘 처음 성당에 온 그애는 독실한 나보다 더 독실한
표정으로
예배당을 뛰쳐나갔다 세례명도 없이

천장에는 그림 대신 마구 뒤섞인 물감이 장관을 이루
고 있었다
                        —「믿음의 배역들」 전문

'나'는 "그애"를 "예배당"에 들이고 그에게 자신이 속한
집단의 방식으로 이름("세례명") 지어줄 수 있겠다고 생각
하며 그애의 손을 잡고 있다. 그러나 그애를 '나'가 속한 '우

리'에 편입시키겠다는 기대감은 그애가 사용하는 "너희"라는 대명사로 인해 좌절된다. 그애가 몸담은 집단 혹은 그애만의 중심에 속하지 못하는 완전한 타자로 '우리'가 지칭될 때, 중심-주변의 관계가 상대적인 개념일 뿐이라는 사실을 확인할 수 있다. '나'는 그애로 인해 '또다른 우리' 바깥의 존재로 배제되고, '나'의 소속감이 허구적인 감각이었음을 깨닫게 된다.

"검은 천이 내려앉은 밀실"은 '나'가 늘 소속되어 있다고 생각했던 "예배당"에도 '나'가 속할 수 없는 공간이 있었음을 일깨운다. 이는 앞선 시에서 암막 커튼으로 억울하게 죽은 존재들을 가려버리던 화자가 이제는 반대로 커튼 바깥에 우두커니 서 있는 듯한 인상을 남긴다. '우리'라는 이름 안에서 맡은 '배역(配役)'을 훌륭히 수행하던 '나'는, '우리'라는 믿음이 '나'를 '배역(背逆)'하고 마는 순간을 경험한다.

4. 돌아가다

우리는 철저히 실패하고 마는 걸까? '너'가 떠나면 '나'는 혼자 남는다. 게다가 '너'는 "다 익은 마음을 두고" '나'를 떠나거나(「실루엣」) "널브러진 나를 주워 입고"서 내가 있었던 "방"까지 전부 데려가버린다(「포말」). 그런 '너'는 돌아오지도 않는다(「편도」). 그렇다면 '나'와 '너'는 서로에게

서 멀찍이 떨어져 외딴섬처럼 서 있기에, 도돌이표의 한 점씩을 맡아 이 세계의 돌아감에 복무하게 되는 것일까?

강변을 따라 흐르던 우리는 도착지를 검색하고 있었는데
지도를 켜면 시작점만 나왔다

걷는 개 뛰는 사람 처음 보는 새가
시작되고

나는 손에 든 맥주를 식도로 넘기며 잠깐 네 손을 놓는다

여름의 강변은 조급한 마음만큼
일찍 끝이 난다
오후가 강을 타고 흘러 사라지는 동안

우리는 차갑게 식었다가 금세 녹아내리는 손을 몰래 털어내면서
어디론가 돌아가고 있었다

손잡을까?
여름이잖아

멀리서 날아온 새가 강에 착륙해 부리로 물을 쪼았다

크고 둥근 파동이 여름 이불처럼 펼쳐져 밤을 뒤덮고

처음 보는 새야

나는 말없이 맥주 캔을 구긴다

이제 끝말잇기도 끝나가고
더 익을 마음도 없는데

바닥에 조금 남아
찰랑거리는 우리

몸 없이
모든 걸 기댄 우리가 소실점처럼 포개지면서

그곳으로 빛이 모인다

저건 왜 안 사라져?

쓰리고 따끔한 것이 점차 퍼져나가고 있었다
                                    ─「물의 과녁」 전문

"우리"가 아무리 "도착지를 검색"해도 지도에는 "시작

191

점"만 나온다. 어딘가에 가닿아 정착하는 '끝'을 기대하지만, 계속 시작만 할 수 있는 상태에 놓여 있는 것이다. 이는 단어의 끝을 시작삼아 글자들을 이어나가며 시작을 하염없이 되풀이하게 되는 "끝말잇기"와 닮았다. '우리'가 마주 잡은 손은 차게 식고 "금세 녹아내리"기 때문에 "몰래 뒤돌아 털어"버려야 하고, 그로 인해 '우리'의 결속은 허무하게 끊어진다. 따라서 '우리'가 "어디론가 돌아가고 있었다"는 말은, 공허한 일상의 반복과 맞물려 돌아가는(play) 것으로도, '우리'라는 공동체를 저버리고 각자의 자리로 돌아가는(go back) 것으로도 읽힌다.

그러나 이러한 절망적인 "반복" 속에서도 '우리'는 아주 바닥나버리지는 않은 상태로 "바닥에 조금 남아/ 찰랑"거린다. '우리'의 잔존이 가능한 이유는 류휘석이 시 속에 세우는 '나'가, '너'가 사라지면 함께 사라질 정도로 자신을 비워내 '너'를 채우는 자이기 때문이다. '너'는 이미 '나'를 압도한 존재이며, '너'가 떠나가면 '나'의 존재 양식 전체가 함께 빠져나가버린다. 게다가 류휘석의 '나'들은 대부분의 시 속에서 젖은 상태로 존재하는데, 이는 기후 위기와 사회적 재난이 결합한 형태의 구조적 재난에 '나'가 노출되어 있음을 암시하기도 하지만, 무언가 스밀 수 있는 양식으로 '나'가 존재한다는 사실을 의미하기도 한다. 실로 '나'라는 개인은 타자와 구분될 수 있는 듯 보이나, 타자에게 영향받으며 타자의 존재를 통해서만 스스로를 증명할 수 있는, 타자와

192

얽혀 이들을 머금게 된 복합적인 존재이다.

그렇다면 '너'와 '나'가 온전히 하나되는 자리인 것처럼 보이는 '우리'는 언제나 실패하지만, 각자의 존재 안에 이미 서로를 포함하고 있는 상태이므로, 개별의 인칭으로 보이는 '나'라는 일인칭과 '너'라는 이인칭에는 이미 서로가 깃들어 있다. '너'와 '나'를 더해 '우리'가 만들어지는 듯 보이지만, 이미 '너'와 '나'는 서로를 품은 각각의 '우리'였음을, 류휘석은 '너'의 떠남으로 텅 비어버리는 '나'의 형상이나 '나'와 '너'가 흘러다니며 섞이는 장면 등을 통해 제시한다. "몸 없이／ 모든 걸 기댄 우리가 소실점처럼 포개"어진 자리는 "새"가 부리로 쪼아대는 '물의 과녁'이기에 "쓰리고 따끔"하지만, 그로 인해 "크고 둥근 파동"을 생성하게 된다. 두 점인 듯 보이던 '너'와 '나'는 서로에게로 다가가 은은한 출렁거림을 만들어내고, 통각을 견디며, 재생을 막을 "빛"을 불러온다. 그리하여 서로에게서 완전히 분리된 듯 보이는 '너'와 '나'가 결국 어디에선가 만나게 되고야 말 무한원점(無限遠點)으로서 존재할 수 있다는 가능성을 밝힌다. '너'의 밀려옴으로 '나'는 잠기고, 그 액체성으로 빛을 껴안는 '우리'는 마침내 하나의 소실점이 되어간다.

류휘석의 '나'들은 돌아가는 세계로부터 돌아선 다음, 돌고 돌아 우리의 흔적을 찾아내고, 우리 아닌 것들과 죽어간 것들을 발견하여 제자리에 돌려놓으려 애쓴다. 또한 이미 '너'를 지녀 우리가 된 '나'를 인식하면서도 좀더 가까이 '너'에게로 다가서려 노력하며 '너'의 귀환을 기다린다. "네가 도착했다는 확신이 들 때까지"(「또 봐요 다음에」) '너'와 '나'가 오롯이 포개어질 수 있는 곳으로 돌아간다. 돌아오기 위해서 돌아서는 자의 눈물겨운 귀환은 점차 순환하는 이 세계를 멈추는 마침표가 되어간다.

더 울 수도 없이 불어터진 얼굴로

사랑한다고.

시인이 끝내 마침표를 그려넣지 못한 문장의 끝에 몸을 웅크려 누워본다.

류휘석 2019년 서울신문 신춘문예를 통해 작품활동을 시작했다.

문학동네시인선 206
우리 그때 말했던 거 있잖아
ⓒ 류휘석 2023

1판 1쇄 2023년 12월 29일
1판 2쇄 2024년 2월 1일

지은이 | 류휘석
책임편집 | 이재현
편집 | 김영수
디자인 | 수류산방(樹流山房) 본문 디자인 | 이원경
저작권 | 박지영 형소진 최은진 서연주 오서영
마케팅 | 정민호 서지화 한민아 이민경 안남영 왕지경 황승현 김혜원 김하연
          김예진
브랜딩 | 함유지 함근아 고보미 박민재 김희숙 박다솔 조다현 정승민 배진성
제작 | 강신은 김동욱 이순호
제작처 | 영신사

펴낸곳 | (주)문학동네
펴낸이 | 김소영
출판등록 | 1993년 10월 22일 제2003-000045호
주소 | 10881 경기도 파주시 회동길 210
전자우편 | **editor@munhak.com**
대표전화 | **031) 955-8888** 팩스 | **031) 955-8855**
문의전화 | **031) 955-3576**(마케팅), **031) 955-1920**(편집)
문학동네카페 | **http://cafe.naver.com/mhdn**
인스타그램 | **@munhakdongne** 트위터 | **@munhakdongne**
북클럽문학동네 | **http://bookclubmunhak.com**

ISBN 978-89-546-9726-2 03810

* 이 도서는 2023년도 한국문화예술위원회 아르코문학창작기금 발간지원 사업에 선정
  되어 발간되었습니다.
* 이 책의 판권은 지은이와 문학동네에 있습니다. 이 책 내용의 전부 또는 일부를 재사용
  하려면 반드시 양측의 서면 동의를 받아야 합니다.

잘못된 책은 구입하신 서점에서 교환해드립니다.
기타 교환 문의: 031) 955-2661, 3580

www.munhak.com

문학동네